K.Nakashima Selection Vol.29

中島かずき

Kazuki Nakashima

論創社

戯伝写楽

装幀　鳥井和昌

目次

戯伝写楽

◉登場人物

斎藤十郎兵衛
おせい
鉄蔵
与七
蔦屋重三郎
喜多川歌麿
大田南畝
浮雲
鶴屋喜右衛門
中山富三郎
おるみ
おくき
おうい
蔦屋番頭
市助
難波屋おきた
高島おひさ

―第一幕―　その男、十郎兵衛

【第一景】

寛政六年（一七九四）。江戸の街。一月。

正月祝いでにぎわう往来。その雑踏の中、姿を現す一人の男、斎藤十郎兵衛（さいとうじゅうろべえ）だ。どこかこの街に居所がない風情をしている。だが虚無的ではない。野心と焦りが同居している。獲物を探すように人混みを足早に歩いている。と、若い女が姿を現す。こちらも居所がないようでいて、しかし、周りの物全てが興味深いのか、町の雑踏をすみずみまで凝視している。おせいという女だ。

十郎兵衛とすれちがうおせい。おせい、ふりむく。十郎兵衛が気になった様子。その視線に気づいたのか十郎兵衛も振り向く。

二人の視線が交差する。

が、すぐにおせいは人混みの中に消える。

十郎兵衛、追おうとするが、そこに別の男が声をかける。与七（よしち）だ。十郎兵衛の友人で浪速言葉を使っている。

与七　十さん、十さん。

十郎兵衛　与七か。

与七　どこいくんや。敵は丁子屋の座敷やで。さっき、蔦重(つたじゅう)が大田南畝(おおたなんぽ)と入っていきよった。もうすぐ歌麿(うたまろ)も来るらしい。

十郎兵衛　蔦重、歌麿、蜀山人(しょくさんじん)か。かますにはいい相手だ。行くぜ、与七。

と、二人人混みに隠れる。

と、ひときわ目立つ美人が現れる。難波屋おきただ。

それを見つける三人の女、町人のかみさんという風情。

おるみ　あれをご覧。

おくき　難波屋おきた。

おうい　今や江戸一番の美人と評判さ。

と、反対側からくるもう一人の美女。

おるみ　あれ、もう一人来たよ。

おくき　高島おひさ。

おうい　これも江戸一番の女っぷり。

おるみ　今評判の浮世絵師、喜多川歌麿が描いたって大人気の大首絵、中でも極めつきの美女二人だ。

おくき　でもね、江戸一番が二人いるわきゃない。
おうい　すべてはあの先生の仕業。あの先生の絵筆が女心を狂わせるのさ。

と、さししめすところに通りかかる一人の絵師。
羽振りのよい格好。愛想はいいがその目の奥には冷たさがある。喜多川歌麿だ。

おきた　歌麿先生。

と、すり寄るおきた。

おきた　お世話になっております。おかげさまで江戸一番の女っぷりと評判で。これもみな先生の筆のおかげ。
歌麿　ああ、そうかい。

そこに割り込んでくるおひさ。

おひさ　（おきたに）ふん、江戸一番とは厚かましい言い草だね。（歌麿に猫なで声で）先生、ご無沙汰してます。この間仰っていた大首絵の第二弾、是非ともお願いいたしますわ。
歌麿　お前さんの顔、崩れてきたね。

おひさ　え。

歌麿　よかったねえ、一番綺麗な頃の顔を私に描いてもらって。

おひさ　えええええ。

おきた　（声を上げて笑い）ふん、だからいわんこっちゃない。先生江戸一番のこの私ならもう一枚書く気も出るってもんでしょう。

歌麿　……人気って水は怖いものだね。なけりゃあ枯れちまうが、やりすぎると根から腐らせちまう。あれだけ美しかった花がもう根腐れを始めてるよ。

おきた　……。（絶句する）

スタスタと先に進む歌麿。
それを見ているおかみ三人衆。

×　×　×

遊郭、丁子屋。店に入っていく歌麿。
と、廊下で浮雲(うきぐも)と出くわす。吉原一と評判の花魁だ。

浮雲　「根腐れを始めてる」。怖い言葉でありんすねえ。

歌麿　浮雲か。

浮雲　さすがは天下の喜多川歌麿先生。女が言われて一番怖い言葉をさらりとお使いなさる。

歌麿、微笑むとそのまま通りすぎようとする。

浮雲　お待ちなんし。先生はあちきのことがお嫌いか。

歌麿　吉原一の花魁と噂に高い浮雲だ。誰の手にも入らぬ高嶺の花。この江戸にあんたを誰が嫌う者がいるかね。ましてや私はたかが浮世絵の絵師。私が花魁を好こうが好くまいが気にすることはない。

浮雲　ではなんであちきを描いてくれない。

歌麿　まだ咲かぬ花を見つけて私の筆で咲かせれば、人は驚き銭を払う。だけどね、今が盛りの花をどんなにうまく描こうとも、人は驚きはしないのさ。

浮雲　あとは落ちるだけの花は、面白うござんせんか。

歌麿　……こわいね、花魁は。確かにあんたは美しい。でもその美しさはピーンと張り詰めたぎりぎりの美しさだ。へたに私の筆が触ると、そのぎりぎりを壊しちまう。

浮雲　……。

歌麿　世間を浮かれさせると書いて浮世絵だ。私が描くのは泡沫(うたかた)だよ。人の現(うつつ)の向こうに見える夢幻(ゆめまぼろし)さ。あんたが求めてるような絵じゃないよ。

そういうと立ち去る。その後ろ姿を見つめる浮雲。納得いってない表情。

浮雲　それでも私は私が見たい。

と、そこだけは廓言葉ではなく呟く浮雲。
その後ろに市助（いちすけ）が現れる。丁子屋の男衆だ。
気づく浮雲。

浮雲　わかってるよ。お座敷だろう。

うなずく市助。
市助の前に立ち歩き出す浮雲。

×　×　×

丁子屋。ある座敷。
酒を酌み交わしている蔦屋重三郎（つたやじゅうざぶろう）と大田南畝。蔦屋は版元の主人。大田南畝は武士でありながら狂歌などで知られた文人だ。
芸者もそばについて酌をしている。
入ってくる歌麿。蔦屋の姿を見て足が止まる。気づく南畝。

南畝　お、来たね、歌麿さん。

歌麿　大田先生のお誘いというので足を運びましたが、蔦屋さんがご一緒とは……。

蔦屋　……心配しなさんな、席はあったためといた。ゆっくり飲むがいいさ。では私は……。

と、立ち去ろうとする蔦屋。

南畝　おいおい、ちょっと待ちなよ、蔦屋さん。あんたにも用があるんだから。

蔦屋　大田先生。

南畝　先生呼ばわりはよしとくれ。四方赤良（よものあから）だ大田南畝だなんて粋がって狂歌を捻っていたのも遠い昔。お上のご威光に脅えて筆を折った、ただの臆病者の七十俵五人扶持大田直二郎だ。でもな、その俺だからこそ頼みたいことがある。

歌麿　頼み、ですか。

南畝　あんたら二人、何が理由で仲違いしたのか知らないが、どうだい、この辺で仲直りというわけにはいかないかい。

蔦屋　仲直り？

南畝　歌麿さん、あんたには蔦屋さんという版元がよく似合ってるよ。蔦重と組んで作った大首絵、あれは他の誰にも真似できるもんじゃゃねえ。

歌麿　蔦重と組んで？　冗談じゃない。あれは私の工夫だ。

蔦屋　……！

歌麿　随分とせこい手を使いますね、蔦屋さん。

蔦屋　なんだと。

歌麿　お上の怒りに触れて身代半減、店も財産も何もかも半分にされた蔦屋さんが不憫で描いた大首絵だが、あれで育てた恩は返したはずだ。私がどこの版元とつきあおうが、私の勝手。それでも自分で頭を下げに来りゃあ、まだこちらも考えようがあろうものを、なんで大田先生なんぞを引っ張り出してくる。貧すれば鈍す。蔦屋重三郎、そこまで落ちましたか。

南畝　まて、歌麿さん。これは俺の考えだ。蔦屋は知らねえ。お前さんがここに来ることは知らなかったんだ。

歌麿　それならそれでもいいですが。

蔦屋　歌麿よ。おめえが大首絵を作ったのが自分というならそれでもいい。でもな、俺はやらしてもらうよ。

歌麿　ほう。

蔦屋　最近、お前さん、俺を避けてるみたいだから、この機会にはっきり言っとく。例えあれがお前さんの工夫だとしても、歌麿の美人大首絵よりもすげえ大首絵を出す。世間に有無をいわせねえようなすげえ奴をな。

歌麿　へえ、さすがは蔦屋重三郎。そこまで言うなら好きになさるがいい。ですが、蔦屋さんがそこまで入れ込むほどの絵師がいなさるか。豊国さん？

蔦屋　それは……。

歌麿　いいでしょう。この歌麿がかなわないと言うほどの絵師を隠し持っておいでなら、喜んで見させていただきましょう。その蔦屋渾身の大首絵とやらをね。

そこに十郎兵衛が入ってくる。

十郎兵衛　御無礼ごめんなさいよ。

一同、「何?」と十郎兵衛を見る。

十郎兵衛　隣の座敷にいた者ですがね。蔦屋、歌麿と名前が出るのでつい耳をそばだてちまった。蔦屋さん。金に目が眩んで他の版元に転ぶような不義理な男は相手にしてもしょうがねえや。それより、どうだい。ここは一つ昔のように新しい才能に賭けてみるってのは。

蔦屋　そりゃ、この蔦屋、力のある奴にはいくらだって手を貸すが……。

十郎兵衛　だったら話ははええや。

と懐から浮世絵の下絵を出す。

十郎兵衛　こいつを見ておくんなせえ。

蔦屋の前に絵を差し出す十郎兵衛。
それを見る蔦屋。のぞき込む南畝。

十郎兵衛を見る蔦屋。

蔦屋　あんたは。
十郎兵衛　おっと、名乗りが遅れちまった。斎藤十郎兵衛ってもんですよ。
蔦屋　この絵はあんたが描いたのかい。
十郎兵衛　ああ。
蔦屋　生業(なりわい)は。
十郎兵衛　え。
蔦屋　他に仕事はしてるのかい。
十郎兵衛　一応はね。でも、俺の天分は筆にある。蔦屋が認めてくれるんなら、今日にだってやめてきますさあ。
蔦屋　……確かによく描けてるよ。
十郎兵衛　おう。そこの不人情な野郎なんか目じゃねえよ。
蔦屋　勘違いしなさんな。素人にしちゃあの話だ。
十郎兵衛　え。
蔦屋　とても売り物にはならねえよ。生業があるんなら結構なことだ。そっちでしっかり稼いで、絵は自分で楽しむ道楽にするんだな。
十郎兵衛　冗談じゃねえ。俺はこいつで身を立てる覚悟なんだよ。
南畝　その手のきれいさ。お前さん、職人ってわけでもなさそうだが何をやっている。

十郎兵衛　そんな詮索は野暮ってもんですよ。絵師に大切なのは、描いた絵がいいか悪いか、それだけじゃねえんですかい。

と、下絵を十郎兵衛に返す蔦屋。
歌麿、その絵をチラリと見るが鼻で笑う。

十郎兵衛　あ、鼻で笑いやがったな。
歌麿　この絵で私を抜くつもりとはね。素人とはいえ、いい気なものだ。目じゃねえのは、私じゃなくてあんたの絵を見る目じゃないのかい。
十郎兵衛　何だと、この野郎。
歌麿　（蔦屋に）天下の蔦屋がこんな素人につけこまれるとは。人間、落ち目にはなりたくないものですね。妙な邪魔も入った。大田先生、今日の所はよろしいでしょうか。
南畝　まあ、しょうがねえなあ。
歌麿　ありがとうございます。今日の非礼は、おって詫びさせていただきます。

と、立ち去る歌麿。

南畝　……すまないね、蔦屋さん。よかれと思ってやったことだが、とんだ恥をかかせてしまった。

蔦屋　いえ、私も心のどこかで歌麿が帰ってくれればと思っていたのでしょう。それをあいつに見透かされちまった。これで腹ぁくくりましたよ。お気遣いありがとうございました。

と、こちらも立ち去ろうとする。

十郎兵衛　あ、おい、待ってくれ。

蔦屋　話はここまでだ。

と、立ち去る蔦屋。

一人ぽつねんと残る十郎兵衛。

その佇まいを見てため息をつく南畝。

南畝　……あんぽんたんだねえ、お前さん。

十郎兵衛　え。

南畝　ま、俺も似たようなもんだ。最近は、お城の方ばかり向いちまって、粋だの洒落だのの心をすっかり見失っちまってたようだ。どうだ、酒も料理も余ってる。少し飲んでいけ。

十郎兵衛　え。

南畝　もったいないだろう。いい酒だぞ。

十郎兵衛　（ちょっと躊躇するが）じゃ、遠慮なく。

と、すわって飲み出す。

――暗　転――

【第二景】

それから数日後。

盛り場。

物売りや見世物など、往来を歩いたり道端に店を出したりと様々な職種の人々でごった返している。

隅の方に、棒で地面に絵を描いている娘がいる。おせいである。

人混みの中を歩く十郎兵衛と与七。

与七　じゃ、そのあとただ酒振る舞われてすごすごと帰ってきたと。
十郎兵衛　うるせえ。
与七　そりゃないわ、十さん。こっちを寒空の下待たせておいて、ただ酒かよ。正月早々ついてへんわ。
十郎兵衛　じゃ、お前もくりゃよかったじゃねえか。
与七　俺は、蔦重の旦那にはいろいろ世話になってるから。あんたとつるんでるのがわかるといろいろめんどくさい。
十郎兵衛　結局自分の都合じゃねえか。第一、店出た時はお前はいなかっただろうが。

与七　待てんよ、そんなには。しかし、あれだけえらそに言うておいて、結局馬鹿にされただけかいな、あほらし。

十郎兵衛　あほじゃねえ。

与七　じゃ、どんくさ。

十郎兵衛　いい加減にしろよ、与七。いくらてめえだからってしまいには怒るぞ。

与七　怒りたいのはこっちや。どれだけ金貸してると思うてるんや。こっちがコツコツ挿絵描いたり版下作ったりした金をあんたが博打でポーンと海の向こうに消しなさる。

十郎兵衛　海の向こうは大げさだ。

与七　蔦重の旦那なら世話になってるから顔つないでやるって言うても「俺はそんな人頼りはしねえ。俺の腕で認めさせる」なんて言いはるから、まかせたのに。ほんと頼むで、十さん。あんたがしっかりしてくれへんと、こっちも貸し倒れや。

十郎兵衛　もう、グチャグチャグチャグチャグチャうるせえんだよ。

とお互い口げんか。
その時、十郎兵衛が与太者達とぶつかる。

十郎兵衛　気をつけろ、こんちくしょう。

と与太者達に怒鳴る十郎兵衛。

与太者1　なんだと、この野郎。

と、いきなり十郎兵衛の胸ぐらを摑む。

十郎兵衛、いったんその手をふりほどこうとするが、ムシャクシャしていたのか、自分の怒りを抑えるのがめんどくさくなったのか、いきなりその与太者を殴る。

与太者1　やりやがったな、この野郎。

襲いかかる与太者達。

与七、やばいと人混みの中に隠れる。

と、隅の方にいたおせいが目を輝かせて前に出る。懐から紙を出し、筆でその喧嘩の様子を写し始める。

多勢に無勢、十郎兵衛、すっころがる。

その目の前におせい。紙に絵が描いてあるのを見つける。

十郎兵衛　ばか、こんな所で絵なんか描いてる奴があるか。
おせい　でも、面白いよ。
十郎兵衛　なにが。

おせい　あんたの顔が。そいつらの顔も。（と与太者達を指す）
与太者1　なんだと、このアマ。
与太者2　おめえもグルか。

と、おせいにも手を出そうとする与太者達。

十郎兵衛　ばか、やべえ。

と、人混みの中にいた与七が叫ぶ。

与七　お役人様、こっちこっち。喧嘩はこっちですよ。

驚く与太者達、「やべえ」「にげるぞ」などと言いながら一斉に逃げ出す。
十郎兵衛と与七も逃げ出す。

×　　×　　×

少し離れた川岸。
駆けてくる十郎兵衛と与七。

与七　……まったく、今日はついてへんな。

十郎兵衛　すまねえ、与七。助かった。

と遅れて駆けてくるおせい。

十郎兵衛　（おせいに気づき）なんだ、お前。
おせい　（はあはあ息を切らして）あんたら、足速いよ。
十郎兵衛　ついてきたのか。
おせい　（息を整えながらうなずく）
十郎兵衛　まったくおかしな奴だな。喧嘩の様を絵に描いてたら、巻き込まれても文句は言えないぞ。
おせい　だって、面白かったから。
十郎兵衛　さっきもそんな事言ってたな。
おせい　特にあんた。
十郎兵衛　俺？
おせい　うん。
与七　はは。こりゃけっさくや。俺もお前の顔はおもろいと思うてた。その子、見る目あるで。
十郎兵衛　お前はうるせえんだよ。（おせいに）そんなに面白かったか、俺の顔が。
おせい　ああ、面白かった。

十郎兵衛　どんな風にだ。
おせい　……口じゃ言えない。
十郎兵衛　描いたもんがあったろう。
おせい　さっきの喧嘩のどさくさで、どこかに捨てて来ちまった。だから、描くよ。

と、懐から紙と竹製の矢立（筆と墨壺が一体化した携帯用の筆入れ）を取り出す。

十郎兵衛　お、矢立か。しゃれたもん持ってるじゃねえか。いつも持ち歩いてるのか。
おせい　話しかけないで。思い出してんだから。

集中してさっきの十郎兵衛を思い出して描いていくおせい。

与七　おもろいから描くのに時間がかかるんやな。
十郎兵衛　うるせえって。
おせい　こんな顔だった。

と、出来た絵を渡すおせい。

十郎兵衛　……これが俺か。

おせい　うん。

十郎兵衛　……俺はこんなみっともない顔してたかよ。

与七　ちょっと見せて。（のぞき込む）うわ、こりゃ大胆な。

十郎兵衛　泣きべそかいてるようでみっともねえツラしてるなあ。こんな顔で殴り合いか。

おせい　相手はあの連中じゃない。もっと見えない相手にケンカ売ってるようだった。

与七　十さん、これよく似てるよ。似てねえけど似てる。いや、ちゃうな。浮世絵の描き方じゃねえ。でも、こいつはあんたの表情、そっくりにとらえてるよ。

十郎兵衛　……確かにな。そうかもしれねえな。

おせい　気に入った？

十郎兵衛　ああ、気に入った。

おせい　じゃあ、銭おくれ。

十郎兵衛　銭。

おせい　それがあたしの商売だ。

与七　似顔絵描きか。

おせい　まあ、そんなもんだ。

与七　でも、この界隈じゃ見かけへん顔やで。

おせい　江戸に来たのはおとついだ。それまではふらふらしてた。

与七　どこから来た。

おせい　あっち。

与七　どこで生まれた。
おせい　……こっち、かな。
与七　要領えんやっちゃなあ……。
十郎兵衛　……お前、他に何が描ける？
おせい　見えるもの。
十郎兵衛　見えるもの？
おせい　うん。あたしの目に見えるもの。
十郎兵衛　見えたものなら描けるのか。
おせい　見たまんまにしか描けないよ。
十郎兵衛　（自分の似顔絵を指し）じゃあ、お前には俺がこう見えた。
おせい　うん。
十郎兵衛　今は？
おせい　今？
十郎兵衛　今の俺はどう見える。さっきと同じか。
おせい　うーん、違うね。
十郎兵衛　違うか。
おせい　違う。

おせい、紙に殴り書きのようにばばばっと、今の十郎兵衛の顔を描く。

おせい　こんな感じ。

それを見比べる十郎兵衛と与七。

十郎兵衛　ああ、確かに違うな。
与七　前のが泣きながらケンカ売ってるとすりゃあ、これは笑ってケンカ売ってるって感じか。
十郎兵衛　（おせいに）お前、名前は。
おせい　おせい、だけど。
十郎兵衛　俺は十郎兵衛、こいつは与七。おせい、お前、江戸に来て面白いものはあったか。
おせい　面白いもの？
十郎兵衛　描いてみたいもんだ。
おせい　見てみたいもんならある。
十郎兵衛　なんだ。
おせい　歌舞伎。
十郎兵衛　歌舞伎か。そりゃあいい。
おせい　でもね、もっと面白いものがある。
十郎兵衛　なんだ。

おせい　あんただ。
十郎兵衛　俺？
おせい　そう。面白い顔してるね、あんた。
十郎兵衛　嬉しくねえ言い方だな。
おせい　ねえ、なんの商売してるの。
十郎兵衛　え。
おせい　何して食ってるの。どうしたらそんな顔になるの。ねえ。（と、まっすぐに十郎兵衛を見つめる）

その眼に抗いきれず、ほんとうのことを言う十郎兵衛。

十郎兵衛　俺は、能役者だ。

ぎょっとなる与七。

十郎兵衛　阿波の蜂須賀家お抱えの江戸住み五人扶持……。
与七　えー！

その声に逆に驚く十郎兵衛とおせい。

与七　ちょっと待ってえな。じゃあ、十さん、侍の身分……。
十郎兵衛　名前だけだよ。
与七　信じられへん、全く見えへん。
十郎兵衛　大きなお世話だ。
おせい　このうるさいのは？
与七　うるさくて悪かったな。
十郎兵衛　与七だ。賭場で知り合い、それからなんだかつるんでる。
与七　もうかれこれ半年ですか。でも、今まで能役者だなんて一言も言わんかったやないですか。普段の態度だって全然……。
十郎兵衛　言うつもりはなかったよ。今の今までな。

と、困ったようにおせいを見つめる。

十郎兵衛　こいつの目で見られると、嘘はつけねえ。そんな気がした。
与七　能役者が絵で身を立てようなんて、ようもまたそんな無茶を……。
十郎兵衛　能役者と言っても、俺の家はワキ方、それもワキツレだ。ワキならまだ主役のシテ相手に芝居も出来るが、ツレになれば殆ど芝居もない。ただ出てるだけ。舞台の隅に座っているだけだ。

与七　そりゃあ、つらいな。
十郎兵衛　だから、てめえの力で勝負がしてえんだよ。なんでもいい。絵なら少しは自信があったからこいつでいくかと思ったが、世間はそこまで甘くはねえようだ。
与七　そこはわかっとるんか。頭ええんかあほなんかようわからんな。
十郎兵衛　俺にもわからねえからな。能舞台で我慢して我慢して押さえてる自分もいる。こうやって思いついたまま動く自分もいる。でも、どっちも俺だ。文句あるか。
おせい　だから面白いのか。
十郎兵衛　なにが。
おせい　あんたの顔だよ。
十郎兵衛　ほめられてる気がしねえ。
与七　ほめてないんちゃうか。
十郎兵衛　おきゃあがれ。

おせい、十郎兵衛を見つめている。その視線を受け止めてうなずく十郎兵衛。

十郎兵衛　よし、芝居でも観に行くか。
おせい　ほんと。
十郎兵衛　ああ、こいつの奢りでな。（と与七を指す）
与七　十さん〜。

十郎兵衛　心配するな。倍にして返してやるよ。

与七　ほんとかよ。

十郎兵衛　ああ、俺とお前とおせい。一儲けしようぜ、俺たち三人でな。

与七　また、口先ばっかり。

十郎兵衛　そういうな。俺にちょっと考えがあるんだ。ま、難しい話はあとあと。

十郎兵衛、おせいを連れてさっさと立ち去る。

与七　ああ、もう、しゃあないなあ。

あとを追う与七。

——暗　転——

【第三景】

翌日。
耕書堂蔦屋の店先。
蔦屋の番頭に放り出される十郎兵衛。

十郎兵衛　あいたたた。何しやがんでい。
番頭　だから、主人はいないんだ。それをいつまでも店先でわめかれちゃ迷惑なんだよ。
十郎兵衛　居留守はわかってんだよ、蔦屋さん、いるんだろう。蔦屋重三郎、蔦重、聞こえねえのか。
番頭　とっとと行きな。水まくよ。

と、柄杓で水をまく番頭。

十郎兵衛　あ、つめてえ。てめえ、人を野良犬扱いしやがって。いい加減にしやがれ。

と、大田南畝がとっくりを持って現れる。

十郎兵衛の姿を見て踵を返す。

十郎兵衛　あ、先生。ただ酒の先生。

南畝　ただ酒はないだろう。

十郎兵衛　ちょうど、よかった。お助け下さい。どうしても蔦重に会わなきゃいけねえのに、こいつが意地悪して。

南畝　会う？　お前が？

十郎兵衛　へえ。先生のお力で一つここを通してもらえませんかね。

南畝　十郎兵衛とか言ったね。確かにお前には妙な愛嬌がある。だから昨日はただ酒を呑ませた。でもね、調子に乗っちゃいけねえ。愛嬌も度を過ごしゃあ驕慢だ。お前が蔦屋ののれんをくぐるいわれはない。

十郎兵衛　これでもかい。

懐から一枚の絵を取り出す。

南畝　……これはどうした。

十郎兵衛　俺が描いた。

南畝　……。（じっと十郎兵衛を見る）

と、そこに蔦屋が戻ってくる。

蔦屋　あ、大田先生。
南畝　おお、蔦屋さん。今お戻りかい
蔦屋　へい、ちょっと所用で。
南畝　絵描き捜しかい。
蔦屋　いやまあ。
南畝　あ、悪い悪い。とんだ野暮を聞いちまった。昨日の詫びをと思ったんだが、また藪蛇になりそうだ。
蔦屋　お前さんは……。（と、十郎兵衛を見る）
十郎兵衛　昨日は。
番頭　な、本当に留守だったろうが。（蔦屋に）この馬鹿野郎が旦那が居留守だ居留守だってうるさくて。
蔦屋　しつこい男だね。
南畝　確かにしつこい男だが、ちょっとこれを見てくれないか。

と、十郎兵衛から渡された絵を蔦屋に見せる南畝。
その絵を見て顔色が変わる蔦屋。

蔦屋　……これは。

十郎兵衛　驚いたみてえだな。

蔦屋　店先じゃなんだ。先生も。

と、南畝と十郎兵衛を店の奥に連れて行く蔦屋。

蔦屋　この絵は誰の作だ。

十郎兵衛　(すかした仕草で自分を指差す)さっきも言ったはずだがな。

蔦屋　冗談はよせ。昨日描いたお前さんの絵はしっかり見せてもらった。腕が違いすぎる。いや、これはもう別人の筆だ。

睨み付ける蔦屋。不敵に笑みを浮かべる十郎兵衛。

十郎兵衛　さすがは蔦屋重三郎。その目は節穴じゃねえな。確かに描いたのは別人だよ。

蔦屋、文句を言いかけるが。

十郎兵衛　おっと、最後まで話を聞け。別人が描いたのは昨日の絵だ。

蔦屋　なんだと。

十郎兵衛　俺も試させてもらったんだよ。昨日の絵で気に入られるくらいなら、他の版元に絵を売り込みに行くつもりだった。
蔦屋　なめた真似を。
十郎兵衛　そのくらい本気だって事だ。
南畝　……これは沢村宋十郎か。
十郎兵衛　へへ、まあ。
南畝　……こんな風に絵で描けるとは……。まるで素顔だな。
蔦屋　役者の素顔を見せるのか。しかしそれは常識外れだ……。
十郎兵衛　そこが面白い。
南畝　自分で言うか。
十郎兵衛　蔦屋さん、確か歌麿に対抗するって言ってたな。奴の絵は夢。きれいきれいに描かれた幻だ。そいつに対抗するには、その夢を引っぺがすくらいの荒技やらなきゃ、張り合えねえんじゃねえか。
南畝　……。（その言葉にほうという顔をする）
蔦屋　夢を暴いて真（まこと）を見せるか。
十郎兵衛　大首絵をやるとか言ってたな。こんな形の役者の大首絵なら、歌麿も豊国も、他の版元だって度肝を抜かれるんじゃねえかい。
蔦屋　役者絵か。
十郎兵衛　ああ、そうだ。大判雲母（きら）刷りの大首絵で歌麿の野郎の鼻をあかせてやろうぜ。

蔦屋　下絵をあと十枚、ひと月で描けるか。

十郎兵衛　ひと月？　二十日で持ってくらあ。

蔦屋　勢いだけは一人前だな。……これは支度金だ。

　金を渡す蔦屋。

十郎兵衛　これだけか。

蔦屋　あと十枚見せてもらう。それがよければ、この蔦屋の身代を賭けるよ。

十郎兵衛　なるほどな。無茶はしねえが博打はするか。商売人らしくていいじゃねえか。

蔦屋　お前さん、雅号は。

十郎兵衛　雅号か……。そうだな、写楽だ。写すのが楽しいと書いて写楽。

蔦屋　写楽か、面白い。だったら東洲斎写楽（とうしゅうさいしゃらく）。この東の島、日の本を写しきってみろ。

十郎兵衛　東洲斎写楽か。大きく出たな。気に入った。まあ待ってな。お前さん達の目ん玉が飛び出るようなもんを持ってきてやるよ。

　駆け去る十郎兵衛。

　残される南畝と蔦屋。

南畝　なんともうさんくさい男だな。

蔦屋　ええ。でも、この絵は本物だ。

南畝　ああ、確かに。

蔦屋　いくらうさんくさかろうが、絵さえ本物ならかまいはしない。こんな絵が描き続けられれば、江戸の街はひっくり返ります。いや、返して見せましょう。この蔦屋重三郎がね。

と、決意する蔦屋。

——暗　転——

【第四景】

そして初夏。

江戸の街。

歌舞伎の五月興行を描いた写楽の絵は評判になっている。

おるみ、おくき、おういも噂している。

写楽の役者絵、「三世大谷鬼次（おにじ）の奴（やっこ）江戸兵衛」が大きく浮かび上がる。

おるみ　あれをご覧。
おくき　これはすごいね。
おうい　大谷鬼次の奴江戸兵衛。
おるみ　役者が飛び出してくるようだよ。
おくき　目の前で芝居されてるようで、くらくらするわ。

続いて「中山富三郎の宮城野」が浮かび上がる。

おるみ　こっちはどうだい。

おくき　中山富三郎の宮城野だね。
おうい　なんだかぐにゃぐにゃしているよ。
おるみ　迫力があるっちゃあるが、何もここまで描かなくたって……。
おくき　これは芝居の絵じゃない。役者の似顔絵だ。
おうい　芝居の夢がおじゃんじゃないか。

役者絵「谷村虎蔵の鷲塚八平次」が出る。

おるみ　……あー、これは誰？
おくき　……谷村虎蔵の鷲塚八平次、だって。
おうい　そんな知らない役者の小さい役を大判で出して、誰が喜ぶの。
おるみ　不思議だねえ。写楽の絵を見てるといいんだか悪いんだか、わからなくなっちまうよ。
おくき　でも、なんだかあとをひく。妙に気になる絵だよ。
おうい　そうだね、気になる。
おるみ　胸の辺がざわざわして。
おくき　見たくないのに見たくなる。
おうい　なんとも不思議な絵だよ。
おるみ　東洲斎写楽。なんとも不思議な絵を描くねえ。

とまどう三人、闇に消える。

× × × ×

吉原。

ある座敷。

酒席に集うは喜多川歌麿と、老舗の版元鶴屋喜右衛門(つるやきえもん)に歌舞伎役者中山富三郎、そして花魁、浮雲だ。市助も控えている。存在を消して細々と彼女の世話をしている。

写楽が描いた自分の役者絵を持って怒っている富三郎。

富三郎　いったいなんだってんですか、あの写楽とか言う絵描きは。そりゃ確かにあたしゃ「ぐにゃ富」なんてあだ名をもらってることは承知してますよ。でもいくらなんでもあんなへちゃむくれに描かれちゃあ、あんまりだ。全く冗談じゃござんせんよ。
喜右衛門　まあまあ。名前も聞いたことがない駆け出しが描いた代物だ。むきになったらそれこそ中山富三郎の名に傷がつきますよ。名前が出るのは役者にとっちゃあいい宣伝と大きく構えなさい。
富三郎　でもねえ。
歌麿　鶴屋さんの言うとおりだ。最初は物珍しさに人の口の端に上がるかもしれないが、すぐに飽きられる。
喜右衛門　そう。何ごとも基本が一番。奇をてらってはしゃぐと、蔦屋さんのようにお上に目をつけられて身代半減、屋敷まで真っ二つにされかねない。

歌麿　その点、老舗の鶴屋さんは手堅い商いをやられている。そうでなければ、こうやって吉原一の花魁と一緒に酒を飲むこともできませんしな。
喜右衛門　いや、ここに浮雲がいるのは歌麿さんがいるからですよ。なあ、浮雲。
浮雲　あい。美人画で評判の歌麿先生、やっと同じ座敷で会えました。
歌麿　鶴屋さんの頼みじゃ断れない。その粘り強さには降参だよ。
喜右衛門　で、どうだい。歌麿さんは。
浮雲　怖いお人でありんす。あちきを見るその目、まるで裸にされるよう。
富三郎　確かに色っぽい目だよねえ。
浮雲　いいえ。冷え冷えとした、よく切れる刃物で着物を切られてはがされていくようで。
歌麿　花魁にそう思われるようじゃ、私もまだまだだ。
浮雲　でも、もっと怖いのは、この絵でありんす。

と、写楽の絵を指す。

浮雲　人の有り様、心の底まで描いているようで。
富三郎　心の底？
浮雲　どこかおかしみがありませんか？　それは富三郎丈のお優しいお人柄の現れでは。
富三郎　優しい、ねえ。（と、写楽の絵を持ち上げて眺める）
浮雲　これだけ人の心を映し出されたら、あちきなんぞどのような姿に描かれるか。考えただけで恐ろしい。

歌麿　ほう、内面如夜叉かい。

浮雲　さて、どうでしょう。

歌麿　いい女は概ねそうさ。

浮雲　そうお思いなんしか。

歌麿　ああ。

浮雲　おなごの胸の奥の業までわかっておられて、あれだけすっとした絵を描かれるとは。見て見ぬふりですか。

歌麿　そう言っているだろう。

喜右衛門　言葉がすぎるぞ、浮雲。

富三郎　まあまあ、他の花魁と違って、そこが浮雲の面白いところ。

歌麿　描きたいものを描くのは本物の絵師じゃない。描いて喜ばれるものを描くのが絵師ってもんだよ。こいつは遊びじゃない、仕事だからね。

浮雲　（歌麿の言葉に納得したようなしないようなそぶりで）それでも、会ってみとうござんすねえ、こういう絵を描くお人に。

と、そこに一人の男が入ってくる。
唐辛子売りの恰好。鉄蔵（てつぞう）である。

鉄蔵　遅くなりました。
喜右衛門　おお、春朗さん。久しぶりだね。
鉄蔵　お店にお伺いしたら、こちらに来いとの仰せでしたので……。
喜右衛門　お前さんが江戸に戻るとわざわざ文をくれたからね。せっかくなら江戸一番の花魁と盃を交わすというのも、悪くなかろう。
鉄蔵　お心遣い、ありがとうございます。
喜右衛門　（鉄蔵に紹介する）こちらは中山富三郎丈、そしてこちらが喜多川歌麿さんだ。
鉄蔵　あ、これはこれは。
喜右衛門　こちらは勝川春朗（かつかわしゅんろう）さん。
鉄蔵　と言いましても、勝川派を破門になってもう随分たちます。今更勝川を名乗るわけにはいかない。本名の鉄蔵と呼んでくれとお願いしてるんですが。
喜右衛門　何言ってる。あんたは立派な絵師だ。いずれ大したものを書く。だから私はずっと雅号で呼んでるんだ。
鉄蔵　こんな唐辛子売りに身をやつしてもですか。
歌麿　それでも筆は捨てちゃいないんだろう。

ギクリとする鉄蔵。

歌麿　そういう目をしているよ。見ないふりしながら、そこの浮雲の様子を頭の中の紙に心の筆で描いていた。

鉄蔵　……おはずかしい。

歌麿　そういう業なんだよ、私達は。恥じるとすりゃあ、その絵を人様が金を出しても買いたいと思わせるほどのものに出来ない腕を恥じるんだね。

鉄蔵　……仰るとおりです。

と、懐から下絵を出す。見る一同。

喜右衛門　これは富士のお山かい

鉄蔵　ええ、どうにもこうにもてめえが何を描きたいか、何を描いたらいいのかわからなくなっちまって、それならいっそのこと日本一のお山を描いてみるかと、東海道を上ったのですが……。

歌麿　描けてないね。

鉄蔵　はい。

歌麿　わかってはいるのだね。

鉄蔵　何度も挑んでみましたが、やっぱり富士は大きすぎます。もっと歳を取ってからでないと太刀打ちできたもんじゃない。自分の力のなさを痛感しました。

歌麿　だったらこんな絵、人様に見せるもんじゃない。

下絵をくしゃくしゃと丸める歌麿。

歌麿　人に見せられない絵をなぜ人に見せる。それじゃあ、あんた、いつまでも唐辛子売りだよ。

ハッとなる鉄蔵。

浮雲　厳しいお方でありんすなあ、歌麿様は。

丸めた下絵をのばす浮雲。でも、絵を見るとあんまり感心した風ではない。

喜右衛門　さ、さ。とりあえず飲もう。旅の垢は吉原で落とすのが一番だ。

鉄蔵　ですが……。

遠慮する鉄蔵。

喜右衛門　さあ。

と、喜右衛門がちろりを差し出す。

鉄蔵　では、頂戴いたします。

盃を取り、酒を受けようとした時、そばに置いてあった写楽の絵に気づく。

鉄蔵　あ。

とその絵の方を向いたため、喜右衛門が注ごうとした酒は盃から外れ畳へ。

喜右衛門　おい。

鉄蔵　あ、すみません。

と、畳にこぼれた酒を自分の着物の袖口で拭く鉄蔵。拭きながらも写楽の絵が気になる。かなり焦っている。

鉄蔵　あの、この絵は誰が。

喜右衛門　春朗さんが気にするほどのことはない。東洲斎写楽。蔦重が売り出しにかかってるぽっと出だよ。

鉄蔵　……東洲斎、写楽……。聞かない名前ですが。

歌麿　斎藤十郎兵衛とかいう素人さ。

鉄蔵　斎藤十郎兵衛……。そんな……。（と訝しげ）

歌麿　いけないよ、春朗さん。迷っている時には、そういう描き方も新しく見えるかもしれないが、しょせんは邪道。今、そんな絵に飛びついちゃ、あんたの絵が崩れちまうよ。

鉄蔵　ご忠告有り難うございます。では、私は。

喜右衛門　気が早いね。もう少しゆっくりして行きなさいな。

鉄蔵　申し訳ありません、ちょっと用事を思い出してしまって。いずれ改めてご挨拶させていただきます。

一礼するとそそくさと座敷を出る鉄蔵。
呆気にとられる一同。

富十郎　なんだい、あいつは。

喜右衛門　素質はあるんだが、どうもムラッ気でねえ。そこが直れば、大きくなると思うんだが。

浮雲　面白いお方で、ありんすねえ。

喜右衛門　花魁もそう思うかい。

浮雲　はい。大きいんだか小さいんだか、よくわからない。

歌麿　裸になってないからだよ。裸にならなきゃ、てめえのものが大きいか小さいかなんて、てめえ自身にもわかりゃしない。

浮雲　確かにそうでありんすなあ。

と、また写楽の絵に目を落とす浮雲。

歌麿　どうしたね。
浮雲　……斎藤十郎兵衛、それが写楽の本当の名前でありんすか。
歌麿　……さて、どうだろうな。
浮雲　？
歌麿　裸にしてみたくなったよ、写楽という男を。

思案顔の歌麿。

——暗　転——

【第五景】

両国の辺り。
酒に酔いご機嫌で歩く十郎兵衛。
そこに声を掛けるおるみ、おくき、おうい。

おるみ　おや、ご機嫌だね、十郎兵衛さん。
おくき　じゃあなくて、いまや写楽さんだ。
おうい　評判だね、お前さんの絵。
十郎兵衛　お、そうかい。
おくき　ああ、そうだよ。通ぶってる奴らは下品だの何だの言ってるけどあたしらは好きだね。
おるみ　なんていうのか、役者がぐわっと乗り出してくるようで、迫力があるよ。
おうい　女形の乙にすました芝居の裏の心の皺が見えるようで、ぞくぞくするね。
十郎兵衛　お前達、わかってるじゃねえか。
おるみ　見直したよ、写楽さん。
おくき　素敵だよ、写楽さん。
おうい　どうだい、ちょっと飲みに行かないかい、写楽さん。

十郎兵衛　ああ、ああ、また今度な。今はちょいと野暮用があるんだ。
おるみ　あれ、女かい。
十郎兵衛　まあな。
おくき　ぬけぬけと、まあ。どんな女だい。
十郎兵衛　そうだなあ……、てめえらには教えねえよ。
おうい　おや、意地が悪いねえ。
十郎兵衛　意地が悪いんじゃねえ。江戸の街の噂スズメのてめえらに教えたら、たちまち話に羽が生えて、江戸中飛びまわっちまうよ。この写楽様が、そんなヘタをうつわけがねえ。じゃあな。

女三人を置いて立ち去る十郎兵衛。
と、いつの間にか、人通りの淋しい路地に。
と、そこで足をとめる十郎兵衛。

十郎兵衛　……どうもいけねえなあ、そうつかず離れずついてこられちゃあ、落ち着かなくっていけねえ。たまたま同じ道を歩いてるんなら、さっさと通り過ぎてくれ。用があるんなら、ここで声かけてくれねえか。

その声に導かれて現れる鉄蔵。唐辛子売りではなく普通の着物姿になっている。

鉄蔵　……あんたが斎藤十郎兵衛さんですか。
十郎兵衛　いかにもそうだが、お前さんは。
鉄蔵　鉄蔵ってもんです。
十郎兵衛　その鉄蔵さんが何の用だい。
鉄蔵　いえ、最近評判の東洲斎写楽さんにご挨拶しておこうかと思いまして。
十郎兵衛　挨拶？
鉄蔵　はい、あっしも勝川春朗という名前で浮世絵をたしなんでおりました。もっとも勝川派は破門され、今では勝川の名を名乗るのもおこがましい身ですが。
十郎兵衛　ふうん。それでその名無しの鉄蔵さんが、なぜまたわざわざこの写楽に挨拶を。
鉄蔵　いえね、写楽さんの画風がどうにも気になりまして、一度お顔を拝見したくて。
十郎兵衛　気になったとはどういうことだい。
鉄蔵　いえ、後にも先にも、あんな絵を描くお人にはお目にかかったことはなかったので。
　でも、得心いたしました。
十郎兵衛　納得したかい。
鉄蔵　ええ、絵も面白いが描いてるお方も相当面白い。――表にさらしているお顔と、絵筆を握る手が全く違うお方というのには初めてお目にかかった。
十郎兵衛　なに。
鉄蔵　ごめんなすって。

と、かき消えるように立ち去る鉄蔵。

十郎兵衛　おい、ちょっと待て。

十郎兵衛、あとを追おうとするが、既に鉄蔵の姿はない。

十郎兵衛　どこ行きやがった、あの野郎。

呆然とする十郎兵衛。

×　　×　　×　　×

数日後。

おせいの仕事場兼住まい。

両国からそれほど離れてはいないが、人通りが少ないあたり。

川原に近い小屋。

出入口の他に奥に障子がありそちらからも出入りできるようになっている。

その中で、一心不乱に絵を描いているおせい。

小屋の中には紐を渡し、そこに、描いた絵が汚れずに乾くように、何枚もつるしている。

十郎兵衛が現れる。

小屋の扉に手を掛けようとした時、与七が声をかける。

与七　あかん。今はやめとき。おせいさん、絵に集中してはるから。

十郎兵衛　与七か。

与七　やっと、現れなさったな。お大尽。

十郎兵衛　何がお大尽だよ。

与七　ここんとこずっとお見限りやったやないか。

十郎兵衛　バカ、俺は昨日も一昨日ものぞいたよ。おめえらがいなかったんじゃないか。

与七　ああ、一日中芝居見物してたさかい。昨日、帰ってきてからは、もうずっとあの調子や。えらい根詰めてますわ。

十郎兵衛　で、お前の格好は何なんだよ。

与七、てぬぐいを姉さんかぶりにしてたすきがけ。手に鍋を下げている。

与七　ああ、なんか食わんと身体に毒やからな。煮込みうどんを作ってたんや。

十郎兵衛　なんかお前、よく似合うなあ。

与七　何を他人事のように。わてをこんな男にしたんは、あんさんの仕業やおへんか。

十郎兵衛　やめろよ、気持ち悪い。

と、外の騒ぎが聞こえているおせい、声をかける。

おせい　入っておいでよ、二人とも。そこで騒がれてたら仕事にならない。

苦笑いする二人、小屋の中に入る。

おせい　十さん、見てよ。

と、描いていた下絵を見せる。

十郎兵衛　お、今度は全身像か。
おせい　うん。
十郎兵衛　沢村宋十郎の名古屋山三（さんざ）に、瀬川菊之丞の葛城か。都座の「傾城三本傘（けいせいさんぼんからかさ）」だな。
おせい　どうだい。
十郎兵衛　よく描けてる。二人の逢瀬の場面が生き写しだ。
おせい　だろう。
十郎兵衛　なんてえのかな、役者がいるその瞬間を切り抜いたような。全身像にしたから、なお一層、そこで生きてるようだ。
おせい　そうなんだよ。あたしは、今が描きたいんだ。今そこにあるその人を。その姿をその

十郎兵衛　性根を丸ごと全部。
おせい　おうおう、お前なら描ける。
十郎兵衛　でもまだ足りない。
おせい　そうかな。
　　うん。まだ、見たまんまを描けてない。もっともっと描けるはずだ。だってほら。

　　「大谷鬼次の奴江戸兵衛」の錦絵を見せる。

おせい　あたしが描いた下絵がこんな風に刷り上がるんだよ。彫り師がいて摺り師がいて絵に命を与えてくれる。写楽はあたし一人じゃない。でも、あたしが写楽の大元だ。あたしの絵がすごくなきゃ、彫り師や摺り師がどんなに頑張ろうとダメなんだ。
十郎兵衛　俺には充分描けてると思うがな。
おせい　ダメだよ、まだ生きてない。絵が生きてない。
十郎兵衛　まあ、焦るんじゃねえよ。時間ならどっさりある。どんな芸事だって、積み重ねは必要だ。何枚も何枚も描いていけば、必ずおめえの描きたいように描けるようになるさ。
おせい　そうかな。
十郎兵衛　ああ、きっと必ず。
おせい　そうだね、きっと、必ず。

そこに声をかける与七。

与七　あのー、二人で盛り上がってるところ悪いけどな、うどんがのびまっせ。

おせい、初めて自分の空腹に気づく。

おせい　ああ、煮込みうどんだ。
与七　与七特製や。いい出汁が出とるで。
おせい　ありがとう。

おせい、うどんを食べ出す。

おせい　おいしい、やっぱり与七さん、料理うまいね。
与七　まあな。

黙々とうどんを食べ出すおせい。

十郎兵衛　（下絵を取り）こいつは蔦屋に回しておくよ。
おせい　うん。

その絵を丸めて持って行こうとして、ふと思い出したかのようにおせいに語りかける十郎兵衛。

十郎兵衛　なあ、おせい。
おせい　ん？
十郎兵衛　妙な奴が……。（と、言いかけて気が変わる）いや、なんでもねえ。
与七　なんや、気になるな。
十郎兵衛　いや、妙な奴が多いから気をつけろよって言いたかっただけだ。写楽がおめえだってのは俺達三人の秘密だからな。
与七　ああ、そのことなら心配なしや。この与七がきっちり目ぇ光らせとるからな。安心しいや。
十郎兵衛　頼むぜ。……なんか、すまねえな、おせい。
おせい　ん？
十郎兵衛　日陰者みたいな扱いで。
おせい　ああ。（さほど気にしていない）
十郎兵衛　でもな、もう少しの辛抱だ。いずれ写楽の絵のすごさは世間の誰もが認めることになる。今は蔦重の手前、俺が描いたことにしているが、写楽の人気が歌麿や豊国を抜いて日の本一になった時、お前が写楽だってことを天下に知らしめてやる。女のお前が

与七　文人だ浮世絵師だと偉ぶっている男共の上を行っていることを見せつけてやろうじゃねえか。

十郎兵衛　それであんさんはええんかい。

与七　ん？

十郎兵衛　全部おせいちゃんの手柄になるで。

かまわねえ。いや、むしろそれでいい。決まりきった世間って奴に一泡吹かせるにはおせいじゃなきゃ面白くねえや。

おせい、箸をとめて十郎兵衛を見る。

おせい　ねえ、ほんとに寝なくていいの。

十郎兵衛　え。

おせい　十さんが寝たいんだったらあたしはいいよ。

と、口では言うが、平気な顔をした彼女の言葉の奥の奥のおびえに十郎兵衛は気づいている。

十郎兵衛　ばか、そんなこと気にしなくていいんだよ。おめえが義理で身体許したって、こっちは嬉しくもなんともないんだ。

おせい　（屈託のない笑顔）そうか。だったら、あたしはこのままでいいよ。雨露がしのげて、おまんまが食べられて、好きな絵が好きなだけ描ける。それ以上の望みはあたしにはないよ。

十郎兵衛　おう、全部俺にまかせとけ。

与七　くうー、偉そうに。

十郎兵衛　なんだよ。

与七　十さん、偉そうに言うてるけど、この家探してきたんも、飯の仕度も、全部俺やないか。ええ格好しいもいい加減にしてほしいわ。

十郎兵衛　すまんすまん。おめえの生活力にはほんと頭が下がるよ。その分、写楽の上がりの分け前はきっちり払うから。

与七　おせいちゃんも冷たいわ、なんで俺は誘ってくれへんの。

おせい　だって、与七さんは、深入りしようとしてないから。

与七　え。

おせい　欲しがってない人にあげても仕方ないでしょ。

与七　……あかん、さすがおせいちゃん、図星や。

十郎兵衛　おめえが食えない野郎だってのは、俺にだって分かるよ。でもな、だから信用しておせいをまかしてるんだ。おめえにはおめえの算段があるようだからな。

与七　その通り。

と、小屋を出ようとする十郎兵衛。

与七　どこ行くの。
十郎兵衛　芝居小屋だ。世間じゃ俺が写楽ってことになってる。たまには芝居見に行かなきゃ、怪しまれるだろう。
与七　そらそうや。
十郎兵衛　じゃあな、あんまり根詰めるなよ。
おせい　根は詰めるよ。でなきゃ描けない。
十郎兵衛　……ま、死なない程度にな。
おせい　うん。

立ち去る十郎兵衛。

おせい　（うどんを食べ終え）ごちそうさん。おいしかった。
与七　そらよかった。

と、水を飲もうと甕(かめ)から水を柄杓で汲む。
飲もうとして驚く。その水、真っ黒。

与七　うわ。あかんわ、おせいちゃん、あんた、また水甕（みずがめ）で直（じか）に筆あろたやろ。

おせい　そうだっけ。

与七　水、真っ黒やないか。これは飲み水やから、筆洗うんならこっちの甕に分けろってあれほど言うたやろ。

おせい　ごめん、ぼーっとしてて。

与七　かなんなあ。ちょっと水汲んでくるわ。

ぶつぶついいながら、桶を持って外に出る与七。
小屋に一人残されるおせい。再び、絵を描き出す。
小屋の外。物陰から現れる鉄蔵。
与七が去ったことを確認すると、そっと小屋に入る。
そこにいるおせいを見て感じ入る。

鉄蔵　やっぱりお前だったのか。あの絵を見た時から、写楽はお前だと思っていたよ。

と、情感込めて話しかける鉄蔵。
おせい、顔を上げる。鉄蔵を見る。

鉄蔵　（思い入れて）久しぶりだなあ、おせい。

が、おせい、何を感じた風でもなく絵を描くのに戻る。

鉄蔵　おい、おせい。

おせい、顔を上げずに絵を描いている。

鉄蔵　おせいってば。
おせい　（絵を描きながら淡々と答える）聞こえてるよ。
鉄蔵　忘れたのか、俺だ、勝川春朗だ。
おせい　（手を止めず）知ってる。
鉄蔵　だったら、もうちょっとなんかあるだろう。久しぶりに会ったんじゃないか。
おせい　（顔を上げ）邪魔だから。
鉄蔵　邪魔？　邪魔とはなんだ、邪魔とは。

カッとなった鉄蔵、おせいに近づき筆を取り上げる。

鉄蔵　ひと月一緒に暮らした俺を、邪魔者扱いするとはどういうつもりだ。

じっと鉄蔵を睨みつけるおせい。
その眼に我に返る鉄蔵、あわてて手を放す。

鉄蔵　すまない。乱暴する気はなかったんだ。ただ、俺は、お前に会えて嬉しくて……。

と、おせいを抱きしめる鉄蔵。
その時、与七が小屋に戻ってくる。
二人が抱き合っているのを見て驚き、小屋の出入口の外に身を潜め中の話を聞く。
二人は与七には気づかない。

鉄蔵　ああ、おめえの匂いだ。思い出すなあ、江尻の宿(しゅく)を。
おせい　……邪魔だって言ってるだろう、春朗さん。

その声音の冷たさに、身体を放す鉄蔵。

鉄蔵　……おせい、おめえ。
おせい　寝たいのかい。わかった、いいよ。だったらさっさとすませておくれ。
鉄蔵　違う、俺はそんなつもりで、ここへ来たんじゃねえ。
おせい　だったらなんだい。あたしは描きたいんだ。

おせいの言葉も聞かず、一人まくしたてる鉄蔵。

鉄蔵　お前はいなくなっちまった。俺が日銭を稼ぎに出たその間にだ。何も言わずにふらっと消えちまった。あれから俺はめっきり描けなくなっちまった。おめえは違う。一段と凄くなった。東洲斎写楽、たいしたもんだ。写楽の絵を見た時、ピンと来た。こんな絵を描けるのはおせいしかいねえ。だから芝居小屋を張っていた。絶対お前が来ると思って。そして、ようやく見つけたんだ。都座の桟敷で舞台睨みつけてるお前を見つけた時は天にも昇る気持ちだった。さ、ここを出よう。もう一度、一緒に暮らそう。そしたら俺もおめえに負けねえ絵が描ける。

おせい　それは違うよ、春朗さん。

鉄蔵　え。

おせい　だって、一緒に暮らしてる間、ずっと自分の絵を描くよりもあたしを抱くのに夢中だったじゃないか。

鉄蔵　……それは。

おせい　そんなあんたにろくな絵が描けるわけがない。

鉄蔵　……じゃあ、じゃあ、あの男は何なんだ。十郎兵衛とか言う奴は。あいつは俺より描けるのか。

おせい　ダメだね。十さんはダメだね。あの人に絵は描けない。

鉄蔵　だろう。だったら、俺の方が――。
おせい　（いきなり顔が輝く）でも、描きたい。描きたいんだよ、あの人の顔を。
鉄蔵　……。
おせい　面白いんだよ、くるっくる変わってさ。まるで得体がしれない。能面の面をとってもその下から面が出る。描いても描いてもきりがない。そんな感じなんだ。

十郎兵衛のことを語る時、それまでになく明るい表情になるおせい。

鉄蔵　ばか、お前は利用されてるんだぞ。あいつが写楽を名乗ってどれだけ美味しい目を見てるか知ってるのか。
おせい　例えそうだとしても、春朗さんには関係ない。
鉄蔵　ええい。

口で言ってもわからないならと、業を煮やした鉄蔵がおせいに摑みかかろうとした時、与七が手にした桶の水を春朗にかける。

春朗　うわ、な、何をする！
与七　頭冷やせ、このスカタン！　おせいちゃん、十さん呼んできて。まだ遠くまでは行ってない筈や。さ、はよ。

おせい　あ、うん。

おせい、うなずくと駆け去る。

鉄蔵　あ、待て、おせい！

追おうとする春朗の足を引っかけて転ばせる与七。

鉄蔵　貴様！

と、その胸を踏みつける与七。

与七　まったく、ぐずぐずぐずぐずねばっこうて、腐った納豆みたいな男や。ええ加減に目をさまさんかい。

鉄蔵　痛い痛い。

与七　そら痛かろう、これは荒療治や。とち狂いの目をさますためのな。

鉄蔵　俺は狂っちゃいねえ。

与七　とっくにいかれとるやないけ。あんな女に目の色変えて。

鉄蔵　なに。

与七　あの女はあかん。普通の男があんな目をした女に惚れたら、地獄に堕ちるで。それにあの二人にちょっかい出されたらこっちも困るんや。

鉄蔵　なんだ、お前は。

与七　俺は一九や。

鉄蔵　一九？

与七　そうや、十返舎一九。ええ名前やろ。

鉄蔵　聞いたことがねえ。

与七　いずれ江戸中、この名前を知らない者はなくなるよ。今はしがねえ挿絵描きだが、俺もいずれは筆で身を立てる。

鉄蔵　それが何の関係がある。

与七　男と女の地獄の様は一番の筆の肥やし。だけど、てめえがのめりこんじゃ文は書けん。人様の色恋沙汰をじっと眺めて眺めて、胸の奥で言葉にする。十郎兵衛とおせい、この二人の仲は滅多にあるもんじゃねえ。それを壊すようなあほんだらは、この俺が許さんのじゃい。わかったか、われ。

と、普段の飄々とした顔とは一変、乱暴に春朗を脅す与七。

そこに現れる蔦屋重三郎。

蔦屋　なかなか面白い啖呵だな。だが、もういいだろう、与七。

与七　あ、蔦屋の旦那。
蔦屋　その春朗さんは、まんざら知らぬ顔じゃない。放してやってくれ。
与七　ま、旦那がそういうなら……。

春朗から手を放す与七。

蔦屋　そうか、お前さん、そこまで筆に描けてたかい。この蔦重も気づかなかったよ。
与七　聞かれちまったとは情けねえ。でも、旦那がなぜここに。
蔦屋　春朗さんが、写楽の正体を教えてくれるというのでね。ここまで足を運んだ。ここが本物の写楽の住まいだね。
与七　もう、堪忍してえな。それは嘘っぱち。このあんさん、すっかり舞い上がってましてな。いかれたことばかり言いやがる。ここはこれ、十さんのこれ（小指を立てる）の家ですわ。

と、小屋の出入口に立ち、蔦屋に中をのぞかれないようにする与七。

蔦屋　どきな。

蔦屋の圧に逆らえず、素直にどく与七。

中に散らばっている描きかけの下絵を見る蔦屋。

蔦屋　女の家で仕事かい。
与七　へい、その通りで。十さん、女がそばにいねえと仕事が出来ねえって。まったくだらしない奴で。
蔦屋　まさか、あの絵を女が描いていたとはね……。
与七　女が？　まさか……。（ごまかそうとする）
蔦屋　ごまかさなくてもいい。この蔦重の目は節穴じゃないよ。十郎兵衛さんにあんな絵が描けるわけがないことは、前から察していた。それにお前と春朗さんの話は粗々聞かせてもらったよ。
与七　……。

そこに駆け戻ってくる十郎兵衛とおせい。

十郎兵衛　……蔦重。
与七　あかん、十さん。すっかりばれてもうた。
十郎兵衛　なに。
蔦屋　（おせいを見て）この子かい。……あの絵を描いていたのがこんな娘とは……。女というだけでも意外だったが、こいつはまいった。

おせい　十さん……。

十郎兵衛　（鉄蔵を見る）てめえか。これはてめえの仕業だな。（開き直る）ばれちまったら仕方ねえや。こいつはおせい。今までの絵は全部この手が描いている。確かにこいつが本物の東洲斎写楽だ。

蔦屋　いや、やっぱりおめえが写楽だよ、十郎兵衛さん。

その言葉に驚く一同。

十郎兵衛　どういうことだ。

蔦屋　しばらくは今のまま、お前さんに写楽のふりをしてもらうってことだ。

鉄蔵　わかりませんよ、蔦屋さん。ほんとのことを知った今でも、まだこの野郎が写楽だって言うんですか。

蔦屋　ああ、そうだ。写楽の絵はな、新しすぎる。今の世間はどう受け止めていいか迷ってる。どう見たらいいかわかんねえんだ。てめえの中で、どう折り合いつけていいかわからなくて呆然としてるんだ。だから今、女が描いてるなんてわかったら、世間の奴らは安心して色物扱いできる。「この絵、女が描いてんだ」「だからこんなに変なのか」それでおしまいだ。この絵の本当の良さに気づく前に、てめえの小さな風呂敷に包んでゴミ溜めに捨てちまう。そんなことはさせねえ。この蔦重の名前に賭けてもやらせねえ。

鉄蔵　絵を認めさせるためなら、世間に嘘をついてもいい。そうおっしゃるんですか。
蔦屋　あんたにそう聞こえるなら、そうだろうよ。
鉄蔵　わからねえ。俺には、どうにも……。
おせい　だから、あんたはつまらないんだよ。鉄蔵さん。
鉄蔵　……。（おせいを睨む）
十郎兵衛　さすがは蔦重だ。俺も同じこと考えてた。でもな、いつまでもってわけにはいかねえぞ。写楽はすげえと持ち上げる世間の連中に、こいつが写楽だとぶちかまさなきゃいけねえからな。
蔦屋　わかっているさ。おせいさんだったね。とにかく一年、死ぬ気で描きなさい。そうすりゃ、世間もおめえさんの絵の凄さに気がつくよ。
おせい　死ぬ気で？
与七　おせいちゃんは今のまんまでいい。好きなだけ描きなはれ。それを世間じゃ死ぬ気っていうんや。
おせい　ふうん、妙なもんだね。
十郎兵衛　妙なのはおめえだよ。
鉄蔵　しかし、それは……。
蔦屋　春朗さん、写楽の正体はここにいる五人だけの秘密だ。うかつに外に漏らせば、この蔦重を敵に回すことになるよ。
鉄蔵　……。

蔦屋　あんたはただ黙ってればいい。その代わりと言っちゃあなんだが、仕事は回すよ。人の絵のことなんか気にしなくていいくらいね。但し、もしもばれたらその時は、絵師の仕事じゃ生きていけなくなる。そう思いな。

鉄蔵　そこまで……。

蔦屋　東洲斎写楽に身代賭けてるのは他でもねえ、この蔦屋重三郎だ。

唇を噛む鉄蔵。

蔦屋　（その様子に）決まりだね。よし、この五人だ。この五人で、江戸の空に写楽ってでっけえ絵を描いて見せようじゃないか。

十郎兵衛　へん、おいしいところかっさらっていくぜ。この旦那はよ。

と、苦笑いする十郎兵衛。

――第一幕・幕――

―第二幕― おせいという女

【第六景】

橘町。

先の大火事で吉原は全焼し、この橘町が仮宅になっている。

ある茶屋の座敷。これが寝所だ。

十郎兵衛と浮雲がいる。床入りの前だ。

浮雲、キセルを十郎兵衛に渡す。ぼんやりとキセルを吸い、その煙の行方を見ている十郎兵衛。

浮雲、クスリと笑う。

十郎兵衛　何がおかしい。
浮雲　ぬしさん、ほんとに写楽かえ。
十郎兵衛　いきなり妙な事聞きやがるな。
浮雲　吉原も先の大火事で燃えつきて、今は仮宅での商い。中のように、格式張っちゃいないのがいいと言ったのはぬしさんでありんす。
十郎兵衛　まあ、確かにお前さんのような花魁とこうしていられるのも仮宅だからだ。遠慮無しはお互い様か。いかにも俺が東洲斎写楽様よ。それがどうした。

浮雲　いえ、煙草の煙を追う目が、あんまりのんびりとしていて。「ああ、こんな目をしたお方があんな絵を描いたのか」と思うと、なんだか妙におかしくなりんした。
十郎兵衛　け、どうせ鼻の下のばした間抜け面なんて思ったんだろう。
浮雲　そんなことはありんせん。十さまは、いい男でござんすよ。ただ、写楽という絵描きはもっと怖い目をしたお方かと思うておりました。
十郎兵衛　ふん、てめえのようなべっぴんを前にして怖い目をする男は朴念仁か唐変木だ。俺はそんな野暮じゃねえ。
浮雲　あら、上手をいいなんす。ならば、男の目のあとでいい。男としてたっぷり見てくれたそのあとで、怖い目でみてくれなんし。あちきも描いておくんなまし。
十郎兵衛　悪いな、写楽は芝居絵だけだ。美人画なら今、大人気の歌川豊国にでも頼むんだな。
浮雲　あの人の絵は、綺麗ばかりで実がない。
十郎兵衛　だったら歌麿だ。
浮雲　品と情はあるけど、あの人は醒めている。あちきが描いて欲しいのは、あちきの業。
十郎兵衛　業だと。
浮雲　はい。
十郎兵衛　綺麗な顔して怖い事を言いやがる。そんなもの描こうと思ったら、俺だって怖くて筆が持てねえよ。
浮雲　確かに十さまには描けないが、写楽さんなら描けなんしょ。
十郎兵衛　なに……。そりゃどういう謎かけだい。

浮雲　理無い仲になろうというに、なんで絵描きの顔を見せてくれない。
十郎兵衛　見せてるじゃねえか。
浮雲　ほんにかえ。

十郎兵衛をジッと見つめる浮雲。

十郎兵衛　ああ、もう、めんどくせえなあ。

と、懐から匕首を出す。

浮雲　何をしなんす。
十郎兵衛　こうするのさ。

自分の右手の平に匕首を突き立てる十郎兵衛。

十郎兵衛　これで納得したか。俺にはお前は描けねえよ。

浮雲、悲鳴を上げる。大急ぎで人を呼ぼうとするが。

十郎兵衛　待て待て、冗談だ。

引き抜くと手は無傷。

十郎兵衛　押すと刃が引っ込むようになっている。芝居用の小道具だ。

浮雲　かつぎなさったか。

十郎兵衛　（刃を出したり引っ込めたりしながら）よくできてるだろ。血糊袋を仕込めば、真っ赤な血も流れる。面白いんで芝居小屋から拝借してきた。

浮雲　あちきを馬鹿になすったか。

十郎兵衛　おめえがあんまりしつけえからだ。

浮雲　この浮雲に恥をかかせると、吉原に出入りできなくなりんすよ。

十郎兵衛　脅しかい。

浮雲　花魁にも意地がありんす。

十郎兵衛　だったら上等だ。出入り禁止にでもなんでもするがいいや。

言い放つ十郎兵衛。

十郎兵衛　高い金出して、吉原の女に会うのは浮き世の憂さを忘れるためだ。それを今更ほんとの顔がどうのこうのたあ、よっぽど野暮じゃねえのかい。花魁てのはその辺の夢を上手に見せてくれるもんだと思っていたが、とんだ見込み違いだ。こんなことなら、岡場所の安女郎抱いた方がよっぽどましってもんだ。何が吉原一の花魁だ。てめえの名前を鼻にかけたただのイヤミな女じゃねえか。思い上がったその心根に、一人寝の侘びしさ教えてやるよ。あばよ。

と、部屋を出ようとする十郎兵衛。

浮雲　……おまちなんし。
十郎兵衛　まだなんかあるか。
浮雲　あちきが悪うござんした。

素直に頭を下げる浮雲。

十郎兵衛　……。
浮雲　ぬしさんの言うとおり。どこの誰かは関係ない。今は、その啖呵に惚れんした。

十郎兵衛に手を伸ばす浮雲。
十郎兵衛、浮雲をきつく抱く。

×　×　×　×

その同じ頃。
茶屋町。人通りが多い。
与七と歩く蔦屋。

与七　いやあ、旦那が遊びに連れ出してくれるとは珍しい。

蔦屋　おせいの世話や彫り師とのつなぎ、お前がいるから仕事が回ってるのはよくわかってる。十郎兵衛ばかりがうまい目を見るのは面白くなかろう。

与七　なるほど、お天道様と天下の蔦重は、ちゃんと世の中を見ていなさるってわけですか。

蔦屋　こいつはありがてえ。

与七　随分と江戸の言葉も板についてきたね。

蔦屋　へえ。筆で生きると決めた以上、浪速の事は捨てました。

与七　お前がその気になったなら、十返舎一九も早いところ世に出してやらなきゃいけないね。

蔦屋　是非とも。でもま、しばらくは写楽につきあいますよ。こんな面白い物はなかなか見られねえ。

と、中山富三郎が連れの者と一緒に歩いているのにすれちがう。

蔦屋　(気づき)これはこれは。(と挨拶)

富三郎、ふんとそっぽを向き通り過ぎる。

与七　くしゃ富、すっかりおかんむりですね。

蔦屋　写楽の一件ですっかり怒らせちまったようだ。

与七　大丈夫ですかい、旦那。写楽の絵は効きすぎる。芝居町では、今度ばかりは蔦屋もやりすぎだって声があがってますよ。

蔦屋　ああ、俺の耳にも聞こえてるよ。なにせ、俺が言わせてるんだからなえ。

与七　知り合いの役者に頼んで、わざと写楽の絵の文句を言わせてるんだ。

蔦屋　しかし、なんで……。

与七　くしゃ富達が怒ってるのを聞いて、逆手に取らせてもらうことにした。役者が怒るほど生き写しの役者絵だという噂が広まれば、芝居を見に来られない連中も、どんな絵なのか見てみたいと思うだろう。

蔦屋　芝居を見に行けない貧乏人が芝居絵を買いますかね。

与七　ばかだねえ。すっかり江戸に頭が染まっちまってやがる。このお江戸の周りはどうなってる。お前は大坂からここまでどうやって来た。

蔦屋　そりゃ東海道を下って。あ、そうか。旦那、商売を江戸から外へ広げようと。

与七　その通りだ。お前も大坂から下って来たんならわかるだろう。東海道沿いにだってど

与七　れだけの人が住んでるか。蔦重が商売にするのは、この日の本だ。
蔦屋　なるほどねえ、東海道五十三次。宿の数だけ商売になるか。覚えときましょう。
与七　十郎兵衛の様子はどうだい。
蔦屋　派手に遊んでますよ。旦那の金で。
与七　目眩ましは派手な方がいい。でもな、よく見てろよ。
蔦屋　十さんですか。
　　　ああ。いくら口じゃ面白がってても、十郎兵衛だって男だ。てめえが写楽の身代わりだって考えていけば、おもしれえばかりじゃすまねえ気持ちにもなる。
与七　あの男がですかい。
蔦屋　ああいう男だからだよ。
与七　わかりました。天下の蔦重の人を見る目、どこまで見抜けるか、見させてもらいます。
蔦屋　お前は口が過ぎるね。
与七　過ぎた口の分だけ、筆の肥やしになるってもんでさ。
蔦屋　あんまりうまい切り返しじゃないね。十返舎一九、まだまだ若い。
与七　もう、負けず嫌いなんだから。

二人、街中に消えていく。

——暗　転——

【第七景】

とある茶屋の座敷。
鶴屋喜右衛門、歌麿、鉄蔵、それに大田南畝が膳を前にして、酒を酌み交わしている。
みな、なごやかに話している。

喜右衛門　しかし、春朗さんも暮らしが落ち着いて何よりだ。
鉄蔵　はい、おかげさまで。
歌麿　しかし、この人には生まれついての放浪癖がある。また、いつぷいと江戸からいなくなるか。
鉄蔵　いや、それはありません。
南畝　おや、言い切ったね。惚れた女でもできたかい。
鉄蔵　え、いや、それは……。
歌麿　これはあやしい。
鉄蔵　歌麿さんまで。勘弁して下さい。

と、そこに入ってくる十郎兵衛。

一座を見てギョッとする。

十郎兵衛　これは……。

南畝　おお。よく来たね、十郎兵衛。いや、今をときめく東洲斎写楽かい。

十郎兵衛　俺は、先生がただ酒振る舞ってくれるっていうからきたんだが……。大田南畝に喜多川歌麿、勝川春朗に鶴屋喜右衛門とは、こいつはまた豪勢な面子だな。

喜右衛門　おや、私も知っていたとは嬉しいね。

十郎兵衛　鶴喜といえば、老舗の版元。絵描きで食っていくのに、旦那の顔をしらなきゃもぐりですぜ。

喜右衛門　私も、ぜひあなたとお会いしたかった。

十郎兵衛　おっと。申し訳ないが俺は蔦重以外とは仕事はしねえ。さんざっぱら世話になりながら、売れた途端に他の版元に鞍替えするような恩知らずじゃないんでね。

鉄蔵、歌麿の顔色をうかがう。

鉄蔵　十さん、言葉を慎め。

十郎兵衛　おや。この席に、俺の物の例えが当てはまるような人がいるのかい。バカ言っちゃいけねえや、鉄蔵。そりゃおめえのほうがよっぽど言葉を慎め、だ。

鉄蔵、黙り込む。

南畝　まあ、そう剣突をくわせるな。今日はただ、酒を飲む会だ。初対面でただ酒を巻き上げたお前だ。少しばかり売れたからと言って、ただ酒先生の盃を断るような不義理はすめえ。さ、こっちに来い。

十郎兵衛　まあ、大田先生にそこまで言われちゃ仕方ねえや。

不承不承、席につく十郎兵衛。
南畝の盃を受ける。

南畝　いやあ、しかし、面白いなあ。初めてお前が乗り込んできた時は、ほんとに蔦屋の屋台骨を支えるようになろうとは思いもよらなかった。

十郎兵衛　写楽の絵は、そこまで受けちゃいませんや。

南畝　おや、蔦重から聞いてねえのかい。

十郎兵衛　何を？

南畝　写楽の評判だよ。出足こそ鈍かったものの、今じゃあ結構な評判だ。七月興行でお前さんが何を描くのか、世間じゃ心待ちにしてるんだよ。

十郎兵衛　そうなんですか。

南畝　でなきゃあ、お前と飲むためにこれだけの面子が集まりはしねえよ。

十郎兵衛　そうか、そうこなくちゃな。
鶴屋　しかし、なんだ。これだけのお方が顔を揃えてるんだ。せっかくだから一余興いかがですか。
十郎兵衛　余興？　舞でも舞うか。
歌麿　十郎兵衛さんは、能楽が本職だが、私らはそうはいかない。筆で食う面々が揃ってるんだ。ここはひとつ、筆遊びと行こうじゃないか。
十郎兵衛　筆遊び？

鶴屋がパンパンと手を叩く。
奥の襖が大きく開く。
そこに座っている浮雲。

十郎兵衛　……浮雲。
南畝　写楽、春朗、歌麿が、吉原一の花魁を描く。お城勤めのこの俺には、なんとも豪華な遊びじゃないか。
十郎兵衛　絵を描く？　ここでか。
歌麿　仕事は仕事場でしかやらねえなんて野暮は言いなさんなよ。これは遊びだ。粋にいきましょうよ、写楽さん。
十郎兵衛　……しかし。

歌麿　それとも他に、ここじゃあ描けねえわけでもおありか。
十郎兵衛　そんなものあるわけがねえ。

と、いいながら鉄蔵に「てめえもグルか」と睨みつける。
鉄蔵「とんでもない」と慌てて手を振る。

南畝　(その様子に)ん？
鉄蔵　いや、なんだか虫が。(と手で払うふり)
浮雲　今日は手妻はなしでありんすよ、十郎兵衛様。
十郎兵衛　……お前も一枚嚙んでやがったか。
浮雲　あちきが嚙むのは、ほぞくらいのもんでありんすよ。
歌麿　さ、始めましょうか。
十郎兵衛　あ、あー。(と腹をおさえる)いけねえ、うまい酒を冷やで飲むと腹に来る。ちょっとはばかりに。あ。(と、よろけて)春朗さん、ちょっと肩貸してくれ。
鉄蔵　え、俺ですか。
十郎兵衛　うん、そう、君。いいから、来い。

鉄蔵、十郎兵衛に肩を貸す。

喜右衛門　おいおい、大丈夫かい。薬を用意させようか。
十郎兵衛　大丈夫、ちょっと腹のもん出せば。

と十郎兵衛と鉄蔵、座敷から廊下に出る。
二人がいなくなったあとの座敷。

鶴屋　歌麿さんの言った通り、顔色が変わりましたな。
歌麿　あいつの絵は最初に見た。あれが写楽とは到底考えられないよ。
南畝　最初の絵は別人が描いたと言っていたがね。
歌麿　それを疑っているから、大田先生もここにいらしてるんでしょう。
南畝　いやいや。俺はただ酒を飲みに来ただけだよ。
浮雲　みなさん、怖いお方でありんすなあ。
歌麿　そういう花魁もな。あれだけ断っていた私も結局あんたを描かざるを得ない羽目に持ってきた。
浮雲　あちきは、あちきの怖さが、自分で知りとうござんす。ただ、それだけ。

廊下。十郎兵衛、鉄蔵の胸ぐらを摑む。

十郎兵衛　おい、こりゃどういうことだ。

鉄蔵　いや、知らない知らない。
十郎兵衛　しらばっくれるな。てめえが奴らに写楽の正体喋ったんだろうが。
鉄蔵　俺じゃねえ、信じてくれ。俺が、おせいのこと他の男に話すわけがねえだろう。

その声音に、十郎兵衛、鉄蔵の胸ぐらから手を放す。

十郎兵衛　……とすると、歌麿の野郎か。あいつは、最初の俺の絵を見てやがるからな。
鉄蔵　どうするつもりだ。
十郎兵衛　今、奴らの目の前で浮雲を描こうものなら、俺が写楽じゃねえことは一目瞭然だ。だから、逃げる。わけは適当に言いつくろってくれ。
鉄蔵　そりゃダメだ。
十郎兵衛　いいわけも思いつかねえか。
鉄蔵　違う。あんたが逃げるってことは写楽が逃げるってことだ。歌麿から怖くって逃げ出した。鶴屋や浮雲はそういいふらすぞ。写楽が歌麿に負けたってな。
十郎兵衛　おめえにゃ関係ないだろう。
鉄蔵　あんたはどうなっても構わねえが、おせいの写楽の名前が汚されるのを黙って見てるわけにはいかねえ。逃げちゃならねえ。
十郎兵衛　じゃ、どうすんだよ。何か手があるのか。
鉄蔵　……俺が描く。

十郎兵衛　なにい。

鉄蔵　おせいの手癖なら俺の方がわかってる。なんとかそれらしく描いてあんたに渡す。

十郎兵衛　……それしかねえか。

と、南畝が出て来る。

南畝　具合はどうかね。

鉄蔵　へい、それは……。

南畝　十郎兵衛さん、たかが遊びだ。気を楽にしようじゃないか。天下の写楽が逃げ出すつもりでもないだろう。

十郎兵衛、鉄蔵と目をあわせうなずく。

十郎兵衛　今、行きますよ。

二人、座敷に戻る。

十郎兵衛　お待たせしてすみません。

座る十郎兵衛と鉄蔵。

鶴屋　待ちくたびれたよ、写楽さん。なあ、花魁。
浮雲　焦らされるのも、おなごの喜び。あまり焦っちゃいけなんし。
鶴屋　なるほど、それもそうか。
歌麿　待っている間に筆と硯、それに紙を持ってきてもらった。

と、歌麿、十郎兵衛、鉄蔵の前に置かれた紙と筆と硯。
座敷の隅に、持ってきた女中が頭を下げて控えている。手ぬぐいで頬被りしている。

歌麿　（女中に）ご苦労だったね。

女中、頭を低く下げてそのまま立ち去る。

歌麿　じゃあ、始めようか。

歌麿、軽く墨をすると、筆を取り浮雲を描き出す。
十郎兵衛、じっと紙をみつめていたが、急に勢いよく墨をすると勢いよく絵を描き出す。

鉄蔵　え……。

その十郎兵衛に戸惑う鉄蔵。

鶴屋　どうしたね、春朗さん。

鉄蔵　いえ、別に……。

一心不乱に筆を動かす十郎兵衛。

それが気になり筆が進まない鉄蔵。泰然自若と絵筆を動かす歌麿だが、彼も十郎兵衛の様子を伺っている。

十郎兵衛　よし、できた。

その声に驚く鉄蔵。

十郎兵衛　おっと、墨が流れちゃいけねえな。

と、紙の束をとり上に乗せて墨を吸わせる。

絵を描いた一枚を残して、他の紙の束は自分の懐にしまう。

十郎兵衛　浮雲、これでどうだい。
鉄蔵　ばか、十郎兵衛。
十郎兵衛　あん？
鉄蔵　お前、何を……。
十郎兵衛　早すぎたかな。でも、気持ちは入れさせてもらった。

と、みんなに描いた紙を見せる十郎兵衛。

鉄蔵　うわ。（と、思わず顔を背ける）

その絵を食い入るように見る歌麿、南畝、鶴屋。

南畝　これは、全然違う……。
歌麿　ああ、確かに。
鉄蔵　いや、みなさん、これは……。（と、十郎兵衛が描いた絵を見て）これは確かに写楽の絵だ……。
歌麿　ああ、そうだ。あの時見た十郎兵衛の絵とは全然違う。これこそ、まさに写楽の筆使いだ。

鶴屋　そんな……。（と、絵を見る）

南畝　（十郎兵衛に）やはり、お前さんのいうことが正しかったか。俺たちが最初に見たのは、お前さんが描いたもんじゃなかった。

十郎兵衛　だから最初からそう言ってるじゃねえか。てめら、よってたかって人のこと、試してやがったな。

南畝　いや、悪かった。どうしても確かめたかったんだ。

十郎兵衛　ふん。これだから文人はいけすかねえ。

十郎兵衛が描いた絵を食い入るように見ている浮雲。

浮雲　ああ、これは……。十さん、よく描いてくださった。

十郎兵衛　そこまで言われるものじゃねえ。趣向はすんだろ。俺は帰るぜ。

鶴屋　まあ、待ってください。是非ご一献。

十郎兵衛　わりいな。試されてると知って居残るほど、この斎藤十郎兵衛、酒に困ってるわけじゃねえ。一人で冷や酒かっくらってる方が、よっぽど気持ちよく酔えらあ。じゃあ、失礼するぜ。

と、とっとと座敷を立ち去る十郎兵衛。

南畝　こりゃあ、奴に一本とられたな、歌麿さん。
歌麿　……。（面白くない顔）

混乱している鉄蔵。

鉄蔵　……なぜだ、なぜ奴がこんな絵を……。

フラフラと立ち上がる鉄蔵。

鶴屋　おい、春朗さん、どうした。顔色が悪いよ。

そのまま立ち去る鉄蔵。
呆気にとられている歌麿、南畝、鶴屋。
茶屋の外。
出て来る十郎兵衛。
そこに出て来る女中姿のおせいと蔦屋。

おせい　十さん。
十郎兵衛　助かったぜ、おせい。まさか、おめえが女中に化けて出て来るとはな。紙の束の中に

おせい　お前が描いた浮雲の似顔絵を仕込んでおくとは、考えたもんだ。
蔦屋　蔦屋さんの指図だよ。
十郎兵衛　陰に潜ませて盗み描きさせた。吉原で生まれ育ったこの俺だ。鶴屋や歌麿が妙な動きをしてることくらいお見通しだよ。無事にすり替えられたかい。
蔦屋　（懐から紙の束を出し）その辺は抜かりはねえよ。
十郎兵衛　これで歌麿達もしばらくはおとなしくなるだろう。ざまあみやがれってんだ。

と、何やらぼおっとしてるおせい。

十郎兵衛　（お清の様子に気づき）どうした。
おせい　……なんかね、手触りが違うんだ。
十郎兵衛　え。
おせい　あの浮雲とかいう人。今まで描いた役者絵となにかが違うんだ……。

ぼんやりと遠くを見るおせい。
彼らの姿が闇に包まれる。
と、そのおせいの視線の先に浮かび上がるように立っている浮雲。
おせいが描いた似顔絵を見つめている。

浮雲　……そうかい、こいつがあたしかい。思った通り、写楽ってのは怖い人だねえ。吉原一の花魁と気取っちゃいるが、おびえて迷って諦めて、まったくひどい顔をしているよ……。

その後ろに亡霊のように立つ市助。
浮雲、その似顔絵越しに市助に唇を重ねる。
顔を離すと。

浮雲　行こう、市さん。

浮雲ふらふらと歩き出す。それを助ける市助。二人、闇に消える。その足取りは地獄への道行きのよう。

——暗　転——

【第八景】

数日後。おせいの小屋。
紙が散らばっている。
それを片付けている十郎兵衛。
膝を抱えて座り込んでいるおせい。一点を凝視してる。
横でおせいの様子を見ている十郎兵衛。
黙りこくっているおせい。十郎兵衛、仕方がないので同じ姿勢をとってみる。

十郎兵衛　（一点を見つめるおせいに）何が見える？
おせい　……。
十郎兵衛　見えるのは壁板だけだよなあ。
おせい　……。

そこに入ってくる与七。

与七　よ、やってるかい、おせいちゃん。与七さん特製のあんころ餅だ。疲れた時には甘い

十郎兵衛　もんが一番……って、どうした。

与七　よせ、与七。

おせいちゃんが絵筆持ってないって、こりゃまたどういうこった。

その言葉に刺激を受けたおせい、立ち上がると周りにある自分が描いた絵を引き千切る。

おせい　ダメだダメだ、こんなの！

十郎兵衛　まて、落ち着け。おせい。落ち着け。

必死に押さえる十郎兵衛。

ようやく落ち着くとまた膝を抱えて座り込むおせい。

また、片付けをする十郎兵衛。

与七　あのー。

十郎兵衛　だぁ！

与七　え。

十郎兵衛　だまれ！

と、与七を外に連れて行く。

十郎兵衛　やっと、落ち着いたんだ。余計なこと言って刺激するな。
与七　どうしたんだよ、いったい。
十郎兵衛　この十日ばかり顔見せなかったが、何してた。
与七　蔦重の旦那のお声掛かりで、黄表紙の趣向を練ってたんだよ。
十郎兵衛　なるほどな。てめえの仕事は大事だが、その間におせいの奴、すっかりとちくるいやがった。
与七　確かにな。なんだ、ありゃ。
十郎兵衛　描けねえんだとよ。芝居絵なんて。
与七　え。
十郎兵衛　役者なんて絵空事描いててもちっともワクワクしねえんだとさ。
与七　それで荒れてるのか。
十郎兵衛　ああ。なんとか、なだめすかせて描かせようとしてんだが、どうもうまくいかねえ。
与七　十さんの手に余るか。
十郎兵衛　でも、やるしかねえ。蔦重との約束だ。だましだましでも、役者絵を描かせねえと。
　　それが表の写楽の仕事だ。
与七　……へえ。
十郎兵衛　なんだよ。
与七　ちょっと驚いたよ、十さんがそんな事言うなんて。

十郎兵衛　なにが。
与七　俺は、十さんはおせいちゃんの味方になるのかと思った。
十郎兵衛　味方?
与七　「描けねえんだったら、描かなくていい。てめえの面白いもんだけ描きな」。そんな風にいうもんだとばかり思ったが。
十郎兵衛　ばか、ガキの遊びじゃねえんだよ。写楽の絵にやっと世間がなじんできたところだ。次の作品で世に認められる。今は世間が見慣れた役者絵で勝負する時なんだ。それに前金ももらってる。今更反古にはできねえよ。
与七　その金でさんざっぱら遊んだしな。
十郎兵衛　なんだと。
与七　気にしねえでくれ。皮肉は戯作者の癖みてえなもんだ。
十郎兵衛　癖なら拳骨で直してやろうか。

与七、ひょいと離れて。

与七　むきになりなさんなよ。ますます十さんらしくないぜ。ところで、おせいちゃん、何が描きたいって言ってんだ?
十郎兵衛　浮雲だ
与七　浮雲?　あの吉原の花魁か。

十郎兵衛　ああ、そうだ。この間、歌麿達の座興につきあって、浮雲の似顔絵を描く羽目になった。その時から様子がおかしくて。

与七　様子が？

十郎兵衛　ああ。役者絵描いてても、「手の感触が違う。もう一度あの女の人が描きたい。描いて何が違うか確かめたい」そう言いはるから仕方ねえ、三日後に仮宅の橘町に連れて行ったら……。

与七　いなくなってたか。

十郎兵衛　なんで知ってんだ。

与七　足抜けか。

十郎兵衛　詳しいことはわからねえが、多分そうだろう。こっちはおせいの世話で手一杯だ。詮索する暇もねえ。いねえもんは仕方ねえと慰めて役者絵の仕事に戻らせたが、どうもいけねえ。浮雲をもう一度描くまでは、このモヤモヤは晴れない。そう言いはって筆が持てねえ。

与七　……そうか、おせいちゃん、死神にでも取り憑かれたか……。

十郎兵衛　なに。

与七　浮雲は、心中したよ。

十郎兵衛　なんだと。

与七　今朝、大川に男と浮かび上がった。吉原の男衆だ。やっちゃいけねえ掟破りをやるからにゃあ、よっぽど惚れてたんだな。

と、小屋の出入口に立つおせい。

おせい　ほんと？　死んじゃったの、あの人？

十郎兵衛　おめえはひっこんでろ。

と、止める十郎兵衛を無視して与七に駆け寄るおせい。

おせい　ねえ、ほんとに死んじゃったの？　与七さんは見たの？　どんな顔してた？

与七　知りたいんなら見ればいい。

おせい　え。

与七　あいにく二人とも死にそこねた。今、日本橋の高札場にさらされてる。男はかなり弱ってるが、浮雲はまだ大丈夫だろう。

おせい、血相変えて走り去る。

十郎兵衛　おい、待て、おせい。与七、てめえ、余計なことを。

与七　なんで。描かせてやればいいじゃないか。

十郎兵衛　なに。

与七　あの子はすごい。見たまんまが描けるなんてざらにはいねえ。だったら、全部描かせてやればいいじゃないか。世の中の綺麗なもん汚いもんひっくるめて全部。それが東洲斎写楽の仕事じゃないのかい。

十郎兵衛　もういい、話はあとだ。

おせいのあとを追っていく十郎兵衛。
一人残る与七。

与七　……俺らは、そうやってしか生きられないのに。十さんにはそれがわからない、か。

与七、闇に消える。

×　×　×　×

日本橋。高札場。
浮雲と心中の片割れの男が橋のそばに縛られ転がされている。男、市助である。
市助はぐったりとしている。

浮雲　……市さん、聞こえるかい、市さん。死にぞこなっちまったねえ。……どうしたい、返事しとくれよ。

市助が崩れ倒れる。

浮雲　……市さん。……そうかい、先に逝っちまったかい。はん、とんだ間抜けが残っちまったねえ。

深い悲しみを胸の内で噛みしめる浮雲。
その周りに集まっている人々。みんな、目が輝いている。
おるみ、おくき、おういもいる。

おるみ　見てごらんよ。
おうい　誰だい、ありゃ。花魁かい。
おくき　丁子屋の浮雲だよ。
町人1　ああ、そうだ、浮雲だ。
町人2　吉原一の花魁もこうなっちゃあおしめえだ。
町人3　なんだよ、日の光の下で見りゃあ大した女じゃねえじゃねえか。
おるみ　まったくだ。あんたら男はいつだって、騙されてんだよ。

キッと人々を睨む浮雲。

浮雲　何とでも言っとくれ。あたしらは、ほんとの顔を取り戻したんだ。嘘で固めた顔じゃない自分の顔をね。
おうい　なんだよ、さらし者が偉そうに。
浮雲　笑うなら笑うがいいさ。今のあたしらに悔いはない。

そこに駆けつけるおせい。

おせい　浮雲さん。

と、声をかけようとするが、追いついた十郎兵衛にとめられる。

十郎兵衛　よせ、おせい。

腕を摑み、人混みから離れた場所に連れて行こうとする十郎兵衛。

おせい　はなしてよ、十さん。
十郎兵衛　若い女が見るもんじゃねえ。
おせい　見たいんだよ、あたしは。あの人が、浮雲さんがどんな顔をしてるか。
十郎兵衛　やめろって。

おせい　はなせ！（とめる十郎兵衛の手を無理矢理振り払う）……がっかりだよ、十さん。あんた、あたしに見たい物を見せてくれるって言ったじゃないか。描きたい物を描かせてくれるって言ったじゃないか。

十郎兵衛　……そいつは……。

おせいの気迫に気圧される十郎兵衛。
と、浮雲が、十郎兵衛に気づく。

浮雲　写楽、写楽の旦那じゃないかい。

群衆も十郎兵衛に気づく。

浮雲　ありがとよ、旦那のおかげで決心できた。あんたが描いてくれたあたしの顔、あたしの業がよくわかったから、ほんとの気持ちに踏み切れた。

おせい　写楽の絵が……。

浮雲　さあ、今度こそよく見とくれ。絵描きの目で。あたしはちっとも後悔してないんだ。

おせい　……絵描きの目で。

浮雲　描いておくれ、あたしとここに集まった大馬鹿達の顔を。あたしはこうやって縛られてるが、心が縛られてるのがどっちかようくわかる絵を。頼むよ写楽さん。

町人１　何が、大馬鹿だ。
町人２　心中くずれが偉そうに。
町人３　お前もはやくくたばるがいい！

浮雲に石を投げる町人達。

おせい　すごい、すごいよ、十さん。浮雲さんも、この人達も。こんな顔見たことない。

紙を出そうとするおせい。

十郎兵衛　よせ、おせい。（と、腕をつかむ）
おせい　なんで。
十郎兵衛　今ここでお前が描いたら、写楽の正体がばれちまう。
おせい　もういいじゃないか、そんなこと。
十郎兵衛　描くなとは言わねえ。でも心に描け。
おせい　心に。
十郎兵衛　お前の眼(まなこ)に焼きつけろ。小屋に帰ってからそれを描き写せ。
おせい　まだるっこしいよ。
十郎兵衛　できなきゃ、お前とは縁切りだ。

おせい　……わかった。

　　おせい、じっと浮雲を見つめる。

浮雲　どうした、写楽さん。なんで筆をとってくれない。早く描いて、描いておくれよ。

　　と、見つめているおせいの視線に気づく。

浮雲　（おせいを見て）……あんただったのかい。
おせい　……。（うなずく）
浮雲　（笑い出す）そうかい、あんただったのかい。ありがとよ、しっかりその目に焼きつけな。白塗りなんかでごまかしちゃいない、これがあたしのほんとの、ほんとの顔さ。

　　と、縄が緩んでいたのか、手が自由になる浮雲。頭のかんざしを抜いて自分の首を刺す。

十郎兵衛　浮雲！
おせい　写し取ったよ、浮雲さん！

　　その瞬間、人々の動きが止まる。

絶命する浮雲。罵倒している人々。その一瞬が切り取られている。
そこに現れる蔦屋と与七。

蔦屋　この絵をおせいが……。

人々のストップモーションを、おせいの下絵に見立てている。

与七　へい。もう取り憑かれたようにこの絵しか描きません。
蔦屋　……駄目だ。こんなもの、世に出せるわけがねえ。
与七　すごい迫力ですが。
蔦屋　世間の連中は身勝手なもんだ。役者の醜さは笑ってもてめえの醜さを突きつけられたとたん、奴らは手の平を返す。十郎兵衛はどうしてる。
与七　おせいに言って聞かせてますが、あの子聞き耳持ちません。
蔦屋　……冗談じゃねえ。こんなことで写楽を終わらせてたまるか……。
与七　旦那……。
蔦屋　続けてみせる。写楽は、この蔦重が仕掛けた最後の博打だ。小娘一人の気まぐれでどうにかなってたまるものか。

二人が会話をしている間に浮雲と人々は闇に消える。

その後、蔦屋と与七も消えて、入れ替わりに歌麿と南畝が現れる。

歌麿　……この絵を写楽が……。

南畝　ああ、あんたにどうしても見せたくってね。蔦重の番頭言い含めて持ち出させた。どうだい、こいつは。

歌麿　……どうにもこうにも。……こんな物は……。

南畝　あんたにも描けないかい。

歌麿　……あたしは臆病者でしてね。怖くて描けるはずがない。ですが……。

南畝　どうしたい。

歌麿　こんな絵を描いたら、写楽は終わりますよ。

南畝　ああ、さすがに蔦重も、この絵を売り出す気はないらしい。

歌麿　売るかどうかの問題じゃない。絵描きが一度ここまで描いたら、普通の絵には戻れない。浮世絵師としての写楽はおしまいですよ。

南畝　やっぱりそうかい……。「あまりに真を画かんとて、あらぬさまにかきなせしかば、長く世に行われず」ってところかな。

歌麿、おせいの絵をじっと見つめている。

歌麿　かなわないね、筆一本で人を斬り裂き世間を貫き通す刃を描きやがった。

南畝　確かにな。

歌麿　私には到底描けない。描きたいとも思わない。世間を浮かれさせてこその浮世絵だ。この歌麿は夢幻（ゆめまぼろし）を描き続けますよ。

南畝　あんたはそうだろうね。

歌麿　……それでも。

南畝　え？

歌麿　……それでも一度、本物の写楽に会ってみたかった。

つぶやくと立ち去る歌麿。

――暗　転――

【第九景】

おせいの小屋。
つり下げられている絵はすべて浮雲の顔。
一心不乱で浮雲の顔を描き続けているおせい。
話しかける十郎兵衛。

十郎兵衛　おせい。おい、おせい。

一枚書き上げつるすとまた描き始めるおせい。

十郎兵衛　おせい！

まったく無視して絵を描くおせい。

十郎兵衛　いい加減にしねえか！

つり下げられていた浮雲の絵を全部引き破る十郎兵衛。

おせい　何すんだよ！

その首根っこをつかんで外に引きずり出す十郎兵衛。

おせい　何だ、何すんだよ。
十郎兵衛　いい加減にしろ！

と、地面におせいを放り出す十郎兵衛。

十郎兵衛　頭を冷やせ、おせい。飯も食わず寝もしねえ。このままじゃてめえが死んじまうぞ。
おせい　どいて。（部屋に入ろうとする）描かなきゃ。描かなきゃ。
十郎兵衛　やめろって。
おせい　なんでとめんだよ。
十郎兵衛　おめえが心配だからだよ。
おせい　あたしのこと考えてんなら、描かせてよ。
十郎兵衛　このままじゃお前が倒れちまう。
おせい　倒れたっていい。

十郎兵衛　いいわけがねえだろう。いいか、おせい。お前はもう一人じゃねえ。たくさんの連中がお前の絵を待ってるんだ。東洲斎写楽の絵をな。

おせい　だからあたしは描いてるんだ。他の誰もが描いたことがないような、この瞼の裏に焼きついた浮雲さんの顔を。それが写楽の絵だ。

十郎兵衛　そんな絵は誰も買わねえ。

おせい　買わなくったってかまいはしない。

十郎兵衛　誰も買わなきゃ浮世絵じゃねえ。

おせい　……十郎兵衛さん、あんた金に溺れたかい。

十郎兵衛　違う。

おせい　どいて。あたしは描くんだ。

十郎兵衛　駄目だ。

小屋に入ろうとするおせいの肩を摑む十郎兵衛。

十郎兵衛　いい加減に目をさませ。おめえは死人(しびと)に取り憑かれてるんだ。

おせい　(十郎兵衛をにらみ)取り憑かせたのはどこの誰だい。

ドキリとする十郎兵衛。

おせい　浮雲さんの死に様を心に描けと言ったのはあんただよ。だからあたしは刻みつけた。心とこの眼に刻みつけた。消えないんだよ、いくら描いても。

十郎兵衛　……おせい。

おせい　描いても描いても消えないんだ……。

と、おせいを抱きしめる十郎兵衛。

十郎兵衛　すまなかった、俺のせいだ。もう無理するな。

と、きつく抱く十郎兵衛。
だが、おせいはその手を静かにふりほどく。

おせい　何を勘違いしてるの。

十郎兵衛　え。

おせい　あたしは嬉しいんだよ。いくら描いても消えることはない。だから好きなだけ描ける。いくらでも描ける。

十郎兵衛　……おせい、お前。

彼女の醒めた目に気を呑まれる十郎兵衛。

おせい、十郎兵衛を残して小屋に戻る。
十郎兵衛、それをとめられない。
おせいが小屋にはいると、十郎兵衛はいたたまれずに立ち去る。
一人、紙に向かうおせい。
と、小屋の片隅に幽鬼のように立っている鉄蔵。おせいと十郎兵衛が外で話をしている
隙に、障子の方から小屋に入っていたのだ。その過程は誰にも気づかれていなかった。

鉄蔵　……いい絵だよ。

その言葉に驚くおせい。そこに鉄蔵がいることに気づいていなかったのだ。

鉄蔵　すごい絵だ。ああ、おめえじゃなきゃ描けねえ。よくも、よくもだましやがったな。

その声音の異常さに、おせいもさすがにぞっとする。

おせい　鉄蔵さん……
鉄蔵　俺は、俺はずっと考えてた。なんで俺だけが駄目なのか。あの十郎兵衛よりも劣って
いるのか。胃の腑がねじ曲がるくらい悔しかった。それを、それを、まんまと騙しや
がったな。

おせい　何を言ってるの。

鉄蔵　おめえの手癖なら俺の方がわかってる。あの十郎兵衛なんかに真似できるわけがねえ。それがどうだ。まんまと浮雲を描きやがった。もう駄目だ、奴にまで抜かれちゃあ、俺に絵筆を握る価値はねえ。そこまで思い詰めたんだ。

おせい　何を言ってんのかと思ったら、浮雲の似顔絵描きの時の話かい。

鉄蔵　ああ、そうだ。てめえと十郎兵衛、二人で俺をコケにしやがった。

おせい　くだらない。

鉄蔵　なんだと。

おせい　恨み言を言いにきたんならお門違いだ。あんたの目が節穴だっただけだろう。

鉄蔵　なに。

おせい　あんな絵が描けるのはあたししかいない。当たり前じゃないか。なんでそれがすぐにわからないの。

鉄蔵　それは……。

おせい　あんたはいつだってそうだよ。肝心な時に肝心な事が見えちゃいない。

鉄蔵　俺はずっとお前を見ていた。

おせい　違うね。あんたはただ、女に惚れた自分を見てただけさ。だから、つまらなかったんだよ、あんたの顔は。

鉄蔵　そんなことはねえ。

おせい　十さんがあの絵を描いた。そんなことで絵筆を捨てようと思うくらいならとっとと捨てちまうがいい。恨むんなら、そんなことも見抜けなかった、自分の目を恨むんだね。あんたみたいな腐った眼（まなこ）じゃ、見えるもんも見えやしない。描けるもんも描けやしないよ！

鉄蔵　……いいやがったな、このアマ……。

と、炊事場に置いてあった庖丁を手にする鉄蔵。

と、おせいに襲いかかる鉄蔵。

おせい　何すんだよ。

鉄蔵　だったら、その目を俺にくれ！

おせい　やめて、はなして！

鉄蔵　今更、ぐたぐた言うんじゃねえ！　てめえの、てめえのせいで、俺は、俺は！

おせい、必死で逃げる。

鉄蔵　逃げんじゃねえ！

と、おせいに馬乗りになる鉄蔵。

おせい　はなせ、はなせ！

と、抵抗しているが、ハッとするおせい。

おせい　……鉄蔵さん、その顔だ。

その言葉に虚を突かれる鉄蔵。
その時、障子を蹴倒して飛び込んでくる十郎兵衛。

十郎兵衛　てめえ、何してんだ！

と、鉄蔵をはり倒す。
転がる鉄蔵。

おせい　邪魔しないで！

と、十郎兵衛に叫ぶおせい。
鉄蔵の顔を見ながら筆を動かしている。

おせい　やっと見えたよ、鉄蔵さんの顔。

おせい、歓喜。戸惑う鉄蔵。

おせい　憎いんだね、あたしが。怖いんだね、あたしが。いいよ、あんたのその胸の嵐、全部あたしにぶつけてよ！

十郎兵衛　おせい、お前……。

おせい　邪魔しないでって言ってるだろ！（鉄蔵に）ああ、いい顔だねえ、鉄蔵さん。たまらないよ。

鉄蔵、蛇に睨まれた蛙のようにおせいの目から逃げられない。
庖丁をかまえる鉄蔵、おせいに駆け寄ろうとする。

十郎兵衛　馬鹿野郎！

鉄蔵を殴り飛ばす十郎兵衛。

十郎兵衛　てめえは絵描きだろうが。絵筆持つ手で刃物にぎるたあ、どういう了見だ！

おせい　十さん！

邪魔するなと叫ぶおせい。

と、十郎兵衛、自分の懐から短刀を抜き出す。

十郎兵衛　こういうものは、俺みてえなニセ絵描きが持ちゃあいいんだよ！（おせいに）俺のせいで浮雲の顔が消えねえ、そう言ったな。だったら俺の手で消してやらあ。

おせい　……十郎兵衛。

十郎兵衛　おせい、すまねえ！

言うと、おせいの目を短刀で斬りつける十郎兵衛。

鉄蔵　え……。

うずくまるおせい。

おせいの目から赤い血が流れる。

十郎兵衛、おせいを起こして抱きしめる。

十郎兵衛　（鉄蔵を睨み）……行け。

鉄蔵　……。

十郎兵衛　これで写楽は消えた。東洲斎写楽はこの世から消え失せた。てめえはてめえの絵を描きな。いつまでも庖丁なんか握ってんじゃねえ。

自分の手がしっかり庖丁を握っている事に気づくと、あわてて庖丁を投げ捨てる鉄蔵。

十郎兵衛　これ以上、俺たちに関わるな。とっとと消えろ。

鉄蔵、声を上げて、小屋を逃げ出す。

おせい　……十さん。

十郎兵衛　これでいい、これでいいんだ。

おせいを抱きしめる十郎兵衛。

×　×　×　×

土手。

駆け込んでくる鉄蔵。

足がもつれて転ぶ。

鉄蔵　俺は！　俺は！　俺は！　何やってんだよ、俺は！

地面に拳をぶつけて叫ぶ。

鉄蔵　こんな手！　こんな手！

そばにあった石ころを拾い、左手に持つ。
右手に向けて振り上げる。石で右手を潰そうというのだ。
が、振り上げた左手が止まる。

鉄蔵　……。

握っていた石を落とす鉄蔵。

鉄蔵　……け、まったく中途半端な野郎だ。

虚ろな顔で、夕焼け空に目をやる。
と、彼方の何かが目に留まる。

鉄蔵　……なんだよ、あの富士は。真っ赤じゃねえか。怒ってるのか。あんな富士、見たことがねえ。

と、鉄蔵の目に精気が戻る。

鉄蔵　……いや、違う。俺が見てなかっただけだ。あれだけ富士を描いた気になって、その実、何にも見ちゃいなかったんだ。ああ、そうだ。俺は何にも見ちゃいなかった。眼に焼きつけとけ。俺はいつか、あの富士を。あの富士を！

決意の顔で駆け去る鉄蔵。

——暗　転——

【第十景】

翌日。

蔦屋の仕事場。蔦屋と与七がいる。

蔦屋　なに！　おせいの目が！

与七　すんません。俺が目を放してる隙に……。

蔦屋　今からだぞ。今から写楽の絵がこの江戸で花開こうって時だったんだ。それをなんで！

と、怒りがおさまらない蔦屋、下絵の中から一枚抜き取ると、与七に突き出す。

蔦屋　与七。こいつを彫り師の源兵衛のところに持って行け。

与七　……これって、浮雲の最期を写した絵じゃないですか。

蔦屋　ああ、そうだ。おせいが描いた最後の絵だ。

与七　これを浮世絵に？

蔦屋　ああ、江戸の町にばらまいてやる。

与七　でも、これは世に出せねえんじゃ。
蔦屋　やかましい。口答えするんじゃねえ。
与七　でも。
蔦屋　突きつけてやるんだよ、世間の連中にてめえらの姿をまざまざと。写楽ってのは、ここまで描ける絵師だったってことを教えてやる。それが蔦重の最後の意地だ。
与七　旦那……。
蔦屋　行け！
与七　……へい。

しぶしぶ行こうとする与七、ぼそりとつぶやく。

与七　世間の連中に見せつける、教えてやるって、俺達はそんなに偉いもんなんですかねえ。

その言葉にハッとする蔦屋。
不意に蔦屋の身体から力が抜ける。

蔦屋　……待て、与七。

与七、足を止める。

蔦屋　……いけねえなあ、こっちまで呪縛にかかるところだった。
与七　へい？
蔦屋　こんな物出したら、写楽の夢が、一日で終わっちまう。まったく、とんでもねえ絵だよ、こいつは。

蔦屋、与七から下絵を奪うと引き裂く。

与七　あ。

蔦屋、銭袋を与七に渡す。

蔦屋　十郎兵衛に。おせいの目の治療に使えと。但し、二度と蔦屋に顔を出すんじゃねえと言っておけ。
与七　へい。

駆け去る与七。

蔦屋　……写楽のことは夢のまた夢、か……。でもな、この夢は長く続くぜ。百年たとうが二百年たとうが、醒めやしねえさ。

不敵に微笑むと闇に消える蔦屋。

×　　×　　×　　×

それから数日後。

おせいの小屋の前。

仕事場は閉ざされている。

旅姿のおせいと十郎兵衛。その前に立つ与七。

おせいは目に包帯を巻いている。

与七　（おせいに包みを渡す）与七特製のおむすびや。疲れたら食べてや。（十郎兵衛に）しっかり湯治場まで送って行くんやで。

十郎兵衛　おう。

おせい、笑う。

与七　ん、どないした。

おせい　だって、与七さん、すっかり浪速言葉に戻ってる。

与七　お、ああ、まあな。おせいちゃんの前で格好つけてもしゃあないしな。

十郎兵衛　鉄蔵、どうしてる。

与七　ああ、元気にやっとるよ。なんか人が変わったようになった。あれ、結構ええ絵描きになるかもな。名前も北斎に変えたしな。

十郎兵衛　北斎？

与七　あいつに「あほくさい男やなあ」言うたら、「それだ、確かに俺はそうだった」って、苦笑いして「これからは俺は北斎にする」って。憑き物が落ちたみたいや。十さんの荒療治が効いたんやないか。

十郎兵衛　だといいがな。

与七　とりあえず仕掛かりの写楽の仕事は俺と鉄蔵で仕上げるわ。写楽はそれでしまいや。

十郎兵衛　それでいい。

与七　おせいちゃん、目えしっかり治してまた江戸に戻っておいで。

おせい　んー、それはどうかな。

与七　そうか。まあ、ええわ。そのうち、いやでも俺の名前は耳に入るだろうから。この十返舎一九が書いた読み本が、日の本中の噂になるさかいな。

おせい　楽しみにしてる。

与七　ほな、そろそろ行くわ。元気でな。

与七、立ち去る。
見送るおせいと十郎兵衛。

十郎兵衛　……もういいぞ。

おせい、包帯を取る。目は開いている。

おせい　与七さんまで騙しちゃったね。

おせい、十郎兵衛の短刀を出す。その刃を押して入れたり出したりする。

おせい　歌舞伎の小道具か。よく出来てるね。
十郎兵衛　まったくなあ。能役者なのに狂言ばかりがうまくならあ。
おせい　狂言じゃない。確かに斬ったよ。あたしとあんたの胸に巣くった写楽って化け物を。
十郎兵衛　そうか。
おせい　十さんに斬られるってなった時、「まだ描きたい、こんなとこで目をつぶされるのはいやだ」って思った。そしたら気がついたんだ。いつの間にかあたしは死人(しびと)のことしか考えてなかった。あれだけ生きてる人を丸ごと写し取りたいって言ってたのに。絵って怖いね。
十郎兵衛　やめるか、絵描きを。
おせい　そうだね。

十郎兵衛　え。（かなり意外）

おせい　絵描きはやめるが、絵を描くのはやめない。

十郎兵衛　そうか、そうだな。確かに、仕事で描くのはお前らしくないや。……これからどうする。

おせい　長崎にでも行ってみるよ。異人の顔も面白そうだ。

十郎兵衛　すまねえな、俺はお家預かりの能役者だ。勝手に旅もできやしねえ。

おせい　いいよ、多分あんたに旅はむかないよ。

十郎兵衛　そうか。そうだな。腐った江戸の街で、別の面つけて新しい舞を舞うのが似合いってもんかもしれねえ。

おせい　かっこつけすぎ。

笑うと一枚の絵を差し出すおせい。

おせい　面をつけてほんとの顔を忘れそうになったら、この絵を見るんだね。

十郎兵衛　これが俺か。

おせい　そう。

しみじみとその絵を見る十郎兵衛。

おせい　じゃあ、行くわ。
十郎兵衛　おう。

歩み出すおせい。
その後ろ姿に声をかける十郎兵衛。

十郎兵衛　おせい。

おせい、ふりむく。

十郎兵衛　……絵に殺されるなよ。
おせい　せいぜい気をつけるよ。

立ち去るおせい。

十郎兵衛　（一人呟く）俺がこんな色男かよ。お前の目も曇ったもんだぜ。

苦笑いして絵を引き裂くと、空に投げ上げる。
と、おせいが描いてきた無数の下絵が空から降ってくる。

それを呆然と見上げる十郎兵衛。

〈戯伝写楽〉 ――終――

あとがき

『戯伝写楽』は、いろいろと思い入れ深い作品だ。

ただ、きっかけを失ってしまい戯曲集は出せていなかった。

一九九九年に『LOST SEVEN』を刊行してから、論創社さんでは大半の戯曲を出版してもらっている。なのに、なぜかこの『戯伝写楽』だけはラインナップからはずれていた。

個人的には気に入っていた作品だけに、なんとなく口惜しかった。

今回、ミュージカル版が再演されることになったおかげで、戯曲『戯伝写楽』を出版することができる。

こころよくお願いを聞いてくれた論創社さんには感謝しかない。


そもそもこの芝居は二〇一〇年にミュージカルとして上演された。

きっかけは、今回の再演でもプロデューサーをされている栗間さんから「写楽が女性だったというミュージカルをやりたいので脚本をお願いしたい」という依頼があったことだ。

写楽というのはなかなか厄介な人物だ。何人もの識者がその正体をめぐって論を発表しているし、自分も幾つかは読んでいた。へたなことは書けないが、女性だったというのは面白い。女性説はこれまでにもないことはなかったが、あまりメジャーではない。第一僕が書くのは本格的な研究論文ではない、物語だ。嘘である。

女性が写楽というこの案なら自分なりの大嘘がつけるのではないか。そう思えたのだ。

取りかかってみて、改めてこの時代の面白さに気づかされた。

蔦屋重三郎を中心に、喜多川歌麿、葛飾北斎、滝沢馬琴、十返舎一九、大田南畝、山東京伝、歌川豊国、鶴屋南北等々、浮世絵、読本、歌舞伎などのオールジャンルで江戸町人文化の綺羅星達が勢揃いだ。キャラには事欠かない。

もともと創作者の裏話やバックステージ物は大好きだ。構想を練っている間は苦しさよりも楽しさのほうが大きかった。

主演の斎藤十郎兵衛役は橋本さとし君に決まった。

さとし君は、元々劇団☆新感線に在籍していたが途中で独立。この頃には、帝劇の大作ミュージカルにも出演する堂々たる俳優になっていた。その彼と久しぶりに一緒に芝居が出来るというのは嬉しいことであった。

おせいという絵を描くことにしか興味のない女性を支える男という、屈折しながらも屈託のない男なら彼にはぴったりだった。

書けたホンも、それなりに愛着があるものに仕上がった。

ミュージカルという発注ではあったが、僕はストレートプレイの形での台本しか書けない。音楽を入れ込むミュージカル台本にするのは演出家やプロデューサーにお願いしている。その形で進めることはいつも最初に確認させてもらっている。この『戯伝写楽』も例外ではなかった。

ただ、出来たホンに愛着があったため、ミュージカル公演だけでなくストレートプレイでも観てみたいという欲が出た。

ちょうど朴璐美さんと一緒に何か舞台が出来ないかと話をしていた。

声優として有名な彼女だが、もともとは演劇集団円の役者。舞台のプロデュースにも関心があった。そこで、彼女にゴーチ・ブラザースを紹介して、互いに協力して製作してもらい、ストレートプレイ版の『戯伝写楽』を上演することになった。

主演の十郎兵衛には人気声優の宮野真守君。

確か、本格的な舞台の出演は初めてだったはずだ。

いろいろと苦労はありながらもなんとか幕が開いたのが二〇一一年三月一〇日。

翌日の午後、東日本大震災が起きてしまい、一二日に公演再開したものの、福島原発の事故が起こり、会場の吉祥寺シアターが輪番停電の地区であること諸々の判断から結局この公演は中止になってしまう。

このままでは終わりたくないという朴さんの熱意により、改めて二〇一二年二月に再上演を行えたことで、ストレートプレイ版の『戯伝写楽』はひとまずやりきったという思いになれたのだが、そうなるとなおさら、戯曲集が出せなかったことが心のどこかに引っかかっていた。

それも今回、ミュージカル版の再演が決まったことでようやく解消できる。

主演は前回同様、橋本さとし君。おせい役を『天元突破グレンラガン』の主題歌を歌ってくれた中川翔子さんが演じてくれるのも嬉しい。

そしてストレートプレイ版の十郎兵衛を演じてくれた宮野真守君は、このタイミングで劇団☆新感線の『髑髏城の七人 Season 月』の〈上弦の月チーム〉で主役の捨之介を演じている。

これもなにかの縁かもしれないと、さとし君や宮野君とは話している。

とにもかくにも、こうやって再び世に出ることが出来た『戯伝写楽』。

お芝居を観た方もこの本を読まれた方も、楽しんでいただければ幸いです。

二〇一七年一二月某日

中島かずき

上演記録

◇上演記録（ミュージカル版）
cube 20th presents
Japanese Musical『戯伝写楽 ２０１８』

【公演日時】
○東京公演
２０１８年1月12日（金）～28日（日）東京芸術劇場　プレイハウス
主催　キューブ
○久留米公演
２０１８年2月3日（土）～4日（日）久留米シティプラザ　ザ・グランドホール
主催　ＲＫＢ毎日放送、キューブ、ピクニック
協力　久留米シティプラザ（久留米市）
○名古屋公演
２０１８年2月7日（水）日本特殊陶業市民会館　ビレッジホール
主催　キューブ、キョードー東海
○兵庫公演
２０１８年2月10日（土）～12日（月・休）
主催　関西テレビ放送、キューブ、兵庫県、兵庫県立芸術文化センター
協力　リコモーション

【登場人物】
斎藤十郎兵衛……………………………橋本さとし
おせい……………………………………中川翔子
喜多川歌麿………………………………小西遼生
浮雲………………………………………壮　一帆

与七（後の十返舎一九）……………………………東山義久（Wキャスト）
与七（後の十返舎一九）……………………………栗山　航（Wキャスト）
鶴屋喜右衛門　………………………………………池下重大

おくき、他　…………………………………………中村美貴
おうい、他　…………………………………………華耀きらり
おるみ、他　…………………………………………大月さゆ
中山富三郎、他　……………………………………染谷洸太
蔦屋手代、他　………………………………………馬場亮成
市助、他　……………………………………………岩橋　大

鉄蔵（後の葛飾北斎）………………………………山崎樹範
大田南畝　……………………………………………吉野圭吾
蔦屋重三郎　…………………………………………村井國夫

【ミュージシャン】
立川智也（Bass）
CHRISTOPHER　HARDY（Percussion）
武田和大（Reed）
大沼直也（Drums）
矢吹　卓（Piano）

【スタッフ】

作：中島かずき
作詞：森　雪之丞
音楽：立川智也

演出：河原雅彦

音楽監修：森　雪之丞
美術：石原　敬
照明：高見和義
音響：藤本純子、大木裕介
振付：前田清実
衣裳：原　まさみ
ヘアメイク：中原雅子

所作指導：加納幸和、七々扇左恵
歌唱指導：福井小百合
稽古ピアノ：中條純子

演出助手：松倉良子、出口雅敏
舞台監督：小笠原幹夫、今西祥太

演出部：白石良高、稲垣清一郎、鈴木　輝、夛田友見、星野真紀、平野景彩、吉成生子、
　木塚志帆
照明スタッフ：佐藤崇史、松原梨佳、中村佐紀、法原　泰
　松島大輔〈プログラマー〉
音響スタッフ：橋　香織、吉武奈津子、多和美知留、原　香菜子、澤　真也子、

大林莉子
ヘアメイクスタッフ：小林朋子、水野久美子、平野さやか
衣裳スタッフ：福島マチ子、田中理恵

楽器：三響社／岸　拓央
ローディー：原田　渉

大道具：東宝舞台／延島泰彦
小道具：高津装飾美術
衣裳製作：松竹衣裳／飯塚直子
WIG製作：My Miracle、亀田麻起子
カツラ製作：太陽かつら／奥山光映、斉藤　正
結髪：大谷玲子
美術助手：牧野紗也子

運送：マイド
稽古場：明治座森下スタジオ
会場運営（東京公演）：熊田
楽器協力：LAGUNA-STRINGS、Dingwall、Sleek Elite、
　ジャパン・パーカッション・センター、SAXZ

宣伝美術：七島健彰（朝日広告社）、加藤信之（アンドグラフィカ）
撮影：難波　亮（smooth inc.）
印刷：エーゼット
パンフレット編集・執筆：金田明子

広報宣伝：米田律子

票券（東京）：北里美織子
制作：佐々木　悠、川上雄一郎、仲谷正資
制作補：掛田裕子

プロデューサー：栗間左千乃
エグゼクティブ・プロデューサー：高橋典子、市村朝一

製作：北牧裕幸

企画・製作：キューブ

天使のララ Presents
Japanese Musical『戯伝写楽』

【公演日時】
◯東京公演
２０１０年４月７日〜17日　青山劇場
協力／東宝
主催／フジテレビジョン、東宝芸能、キューブ
◯大阪公演
２０１０年４月24日・25日　シアターＢＲＡＶＡ！
主催／関西テレビ放送、キョードー大阪

【登場人物】
斎藤十郎兵衛……………………………………橋本さとし
おせい……………………………………………大和悠河
鉄蔵（後の葛飾北斎）…………………………葛山信吾
浮雲………………………………………………ソニン
与七（後の十返舎一九）………………………東山義久
大田南畝…………………………………………岸　祐二
喜多川歌麿………………………………………小西遼生
おるみ、他………………………………………辛島小恵
おくき、他………………………………………高谷あゆみ
おうい、他………………………………………林　希

中山富三郎、他　……………………………石井一彰
市、他　………………………………………遠山大輔
丁稚、他　……………………………………海老澤健次
鶴屋喜右衛門、他　…………………………コング桑田
蔦屋重三郎　…………………………………山路和弘

【ミュージシャン】
立川智也（Bass）
ANDY　BEVAN（Reed）
CHRISTOPHER　HARDY（Percussion）
泰輝（Piano）
中島オバヲ（Drums）

【スタッフ】
作：中島かずき
演出・作詞：荻田浩一
音楽：立川智也
振付：青木美保
美術：横田あつみ
照明：吉川ひろ子

音響：大坪正仁
衣裳：宮本宣子、山下和美
ヘアメイク：中原雅子

歌唱指導：矢部玲司
稽古ピアノ：中條純子
所作指導：藤間貴雅

音楽制作：林　恭子

演出助手：坂本聖子
舞台監督：藤崎　遊

演出部：藤原秀明、石井香織、稲垣清一郎、川畑信介、殿岡紗衣子、宇佐見雅人、
　村上彰英
照明スタッフ：佐藤崇志、影山雄一、長谷川　恵、岡田章子、前田朱美、熊谷康子
音響スタッフ：大槻　晃、神宮　瞬、平本淳彦、関根海里
衣裳スタッフ：福島孝子、花田裕子、尾崎由佳子
床山：松本多香子
ヘアメイクスタッフ：綿貫尚美

大道具：東宝舞台／延島　泰彦、古川　俊一
小道具：松竹衣裳、高津映画装飾／中村エリト
衣裳製作：松竹衣裳／小林正夫、宮本宣子ワークショップ
かつら：奥松かつら
ＷＩＧ製作：My　Miracle

運送：マイド
稽古場：ダイジョースタジオ

楽器協力：㈱モリダイラ楽器、LP、ヤマハミュージックトレーディング㈱
協力：熊田

宣伝美術：東　學
撮影：須佐一心
パンフレット編集：金田明子
パンフレットデザイン：森田梨加、中村佳苗、北村美沙子
印刷：エーゼット

宣伝広報：飯田眞一、米田律子、河端律子

制作補：紙谷泰志、稲田麻里
プロデューサー：坂元寿朗、栗間左千乃、高橋典子
製作：松村　匠、市村朝一、北牧裕幸

特別協賛：天使のララ
企画・製作：フジテレビジョン、東宝芸能、キューブ

◇上演記録（ストレートプレイ版）

シーラカンスプロデュース Vol.1『戯伝写楽―その男、十郎兵衛―』

【公演日時】

2012年2月1日（水）～5日（日）

全労済ホール／スペース・ゼロ

【登場人物】

斎藤十郎兵衛……宮野真守
おせい……城戸愛莉
鉄蔵……板倉チヒロ
与七……玉置玲央
大田南畝……有川マコト
鶴屋喜右衛門……矢内文章
喜多川歌麿……山崎健二
中山富三郎……関　智一
蔦屋重三郎……柴田秀勝
浮雲……平野　綾

若衆……………………………吉澤宙彦
清田智彦
澤田慎司
後藤剛範
町娘…………………………池亀未紘
中山有子
五十嵐絵里
佐藤芳江

【スタッフ】
脚本：中島かずき
演出：中屋敷法仁

美術：原田　愛
照明：浜崎　亮
音響：水谷雄治
音楽：佐藤こうじ
衣装デザイン：西原梨恵
演出助手：入倉麻美
舞台監督：川除　学

照明操作：三谷洋平
衣装進行：佐藤明子、山内彩瑚
衣装製作：杉浦真希子
衣装協力：村田沙織、石原由理、小川奈美子、若生恵美子、中澤紀子、藤原恵利

田中陽子、松岡千春、竹辺奈津子
大道具：C-COM 舞台装置／桜井俊郎、五藤皓久、高橋英司
小道具：高津装飾美術／吉坂　隆
かつら：奥松かつら／川口博司
照明機材協力：LUPO
音楽製作協力：寺井結子
演出部資材協力：至福団
運搬：加藤運輸／流石享江
稽古場：SIM STUDIO、すみだパークスタジオ

アーティストマネジメント：劇団ひまわり、ＬＤＨ、キューブ、ゴーチ・ブラザーズ、krei inc.、アトリエ・センターフォワード、円企画、フォセット・コンシェルジュ、KISUNA、アトミックモンキー、青二プロダクション、RME、Grick

協力：カフェシーラカンス

宣伝写真：引地信彦
宣伝美術：山下浩介
宣伝ヘアメイク：CHICA（宮野真守）、清水恵美子（平野　綾）、梅澤裕子
宣伝衣装：西原梨恵

ＷＥＢ：間屋口克

票券：サンライズプロモーション東京
制作デスク：西川悦代

制作助手：丸山　立
制作：佐々木康志、三浦　瞳、安部祥子
プロデュース：朴　璐美、伊藤達哉
制作協力：PRAGMAX&Entertainment　アールユーピー
主催：ゴーチ・ブラザーズ
企画・製作：シーラカンスプロデュース

【PROGRAM　CREW】
アートディレクション&デザイン：山下浩介
編集・文：小杉　厚
写真：引地信彦
ヘアメイク：梅澤裕子、CHICA、清水恵美子
衣装：西原梨恵
印刷：大熊整美堂

シーラカンスプロデュース Vol.1『戯伝写楽―その男、十郎兵衛―』

【公演日時】
２０１１年３月10日（木）～27日（日）〈実際の上演は３月10日・12日のみ〉
吉祥寺シアター

【登場人物】
斎藤十郎兵衛……………………宮野真守
おせい……………………城戸愛莉

鉄蔵……………………板倉チヒロ
与七……………………玉置玲央
浮雲……………………初音映莉子

大田南畝……………………有川マコト
鶴屋喜右衛門……………………矢内文章
中山富三郎……………………大橋一輝
高島おひさ……………………板橋駿谷

おるみ……………………五十嵐絵里
おうい……………………池亀未紘
おくき……………………中山有子
難波屋おきた……………………山本真由美

喜多川歌麿……………………山崎健二

蔦屋重三郎……………………中村まこと

【スタッフ】
演出：中屋敷法仁
脚本：中島かずき

美術：原田　愛
照明：浜崎　亮
音響：藤田赤目
音楽：佐藤こうじ
衣裳：西原梨恵
ヘアメイク：梅澤裕子、宮崎智子
演出助手：入倉麻美
舞台監督：棚瀬　巧

演出部：金子晴美
照明操作：中路宣宏
音響操作：水谷雄治
衣裳製作：杉浦真希子
衣裳協力：大西鉄男、村田沙織、佐々島　侑

大道具製作：C-COM 舞台装置
運搬：マイド
稽古場：水天宮ピット、SIM STUDIO

アーティストマネージメント：劇団ひまわり、LDH、キューブ、クロムモリブデン、柿喰う客、エー・チーム、Krei inc.、アトリエ・センターフォワード、ロロ、KIZUNA、舞夢プロ、演劇集団円、BESIDE、猫ホテル

協力：財団法人武蔵野文化事業団、河野遥花、山内彩瑚、LUPO、Sugar Sound、高津装飾美術、至福団、カフェシーラカンス

宣伝写真：森　善之
宣伝美術：今城加奈子
題字：大松敬和
宣伝ヘアメイク：大宝みゆき
WEB：金澤　裕
グッズデザイン：山下浩介

制作：赤羽ひろみ、斎藤　努
稽古場進行：時澤香保里
制作助手：丸山　立、白井由里亜
票券：嶋口春香
制作協力：ゴーチ・ブラザーズ、円企画

企画・製作：シーラカンスプロデュース
朴　璐美、宮野真守、伊藤達哉

中島かずき（なかしま・かずき）
1959年、福岡県生まれ。舞台の脚本を中心に活動。85年4月『炎のハイパーステップ』より座付作家として「劇団☆新感線」に参加。以来、『髑髏城の七人』『阿修羅城の瞳』『朧の森に棲む鬼』など、“いのうえ歌舞伎”と呼ばれる物語性を重視した脚本を多く生み出す。『アテルイ』で2002年朝日舞台芸術賞・秋元松代賞と第47回岸田國士戯曲賞を受賞。

K. Nakashima Selection Vol. 29
戯伝写楽

2018年1月1日　初版第1刷印刷
2018年1月12日　初版第1刷発行

著　者　中島かずき
発行者　森下紀夫
発行所　論創社
東京都千代田区神田神保町 2-23　北井ビル
電話 03（3264）5254　振替口座 00160-1-155266
印刷・製本　中央精版印刷
ISBN978-4-8460-1697-5　

K. Nakashima Selection

Vol. 1—LOST SEVEN	本体2000円
Vol. 2—阿修羅城の瞳〈2000年版〉	本体1800円
Vol. 3—古田新太之丞 東海道五十三次地獄旅 踊れ！いんど屋敷	本体1800円
Vol. 4—野獣郎見参	本体1800円
Vol. 5—大江戸ロケット	本体1800円
Vol. 6—アテルイ	本体1800円
Vol. 7—七芒星	本体1800円
Vol. 8—花の紅天狗	本体1800円
Vol. 9—阿修羅城の瞳〈2003年版〉	本体1800円
Vol. 10—髑髏城の七人 アカドクロ／アオドクロ	本体2000円
Vol. 11—SHIROH	本体1800円
Vol. 12—荒神	本体1600円
Vol. 13—朧の森に棲む鬼	本体1800円
Vol. 14—五右衛門ロック	本体1800円
Vol. 15—蛮幽鬼	本体1800円
Vol. 16—ジャンヌ・ダルク	本体1800円
Vol. 17—髑髏城の七人 ver.2011	本体1800円
Vol. 18—シレンとラギ	本体1800円
Vol. 19—ZIPANG PUNK 五右衛門ロックIII	本体1800円
Vol. 20—真田十勇士	本体1800円
Vol. 21—蒼の乱	本体1800円
Vol. 22—五右衛門vs轟天	本体1800円
Vol. 23—阿弖流為	本体1800円
Vol. 24—No.9 不滅の旋律	本体1800円
Vol. 25—髑髏城の七人 花	本体1800円
Vol. 26—髑髏城の七人 鳥	本体1800円
Vol. 27—髑髏城の七人 風	本体1800円
Vol. 28—髑髏城の七人 月	本体1800円